KB078381

낭인천하

무림낭객(武林浪客)

백야 新무협 판타지 소설

FANTASTIC ORIENTAL HEROES

낭인천하 5

백야 新무협 판타지 소설

초판 1쇄 찍은 날 § 2013년 4월 26일
초판 1쇄 펴낸 날 § 2013년 5월 3일

지은이 § 백야
펴낸이 § 서경석

편집부장 § 권태완
편집책임 § 박우진

펴낸곳 § 도서출판 청어람
등록번호 § 제1081-1-89호
등록일자 § 1999. 5. 31
어람번호 § 제2-2335호

주소 § 경기도 부천시 원미구 심곡2동 163-2 서경B/D 3F (우) 420-822
전화 § 032-656-4452 팩스 § 032-656-4453
http://www.chungeoram.com
E-mail § chungeorambook@daum.net

ISBN 978-89-251-3276-1 04810
ISBN 978-89-251-3103-0 (세트)

浪人天下

5

낭인천하

무림낭객(武林浪客)

백야 新무협 판타지 소설

FANTASTIC ORIENTAL HEROES

도서출판 청어람

第一章
율법(律法)

강만리는 애써 그녀를 외면하면서 주위를 둘러보았다. 탁자 밑으로 조금 전 무언가를 태운 듯한 재가 남아 있는 게 언뜻 그의 시야에 들어왔다.

하지만 그는 신경 쓰지 않은 채 습관처럼 엉덩이를 긁적거리며 물었다.

"흑룡방의 안흉귀(顔兇鬼)라고 잘 알지? 그 녀석, 지금 어디에 숨어 있나?"

1. 서찰(書札)

한 통의 서찰(書札)이 그녀의 손에 쥐어진 것은 어느덧 봄 햇살이 완연한 사월 초의 일이었다.

"어디서 왔어요?"

늘 궁금한 게 많아서, 초롱초롱한 눈빛 반짝이며 하루에도 수십 번이나 이것저것 캐묻는 소홍(小紅)이 그녀의 곁에 바짝 다가앉으며 물었다.

"저리 가렴. 네가 알 것 없는 일이니까."

그녀는 가볍게 눈을 흘기며 소홍을 밀어냈다.

"쳇. 엄마는 언제나……."

"엄마라고 부르지 말랬지?"

"아, 미안해요. 하여튼 언니는 언제나 나를 그렇게 어린 아이 취급한다니까."

소홍은 잔뜩 볼을 불린 채로 투덜거렸다. 그녀는 소홍의 머리를 쓰다듬으며 부드럽게 말했다.

"조금만 더 크면 어련히 다 알려줄까? 지금은 그저 건강하게 자라기만 하면 된단다."

그녀는 문득 한숨을 내쉬며 중얼거렸다.

"나이가 들수록, 그리고 아는 게 많아질수록 세상 살기가 힘들거든. 지금은 아무것도 모른 채 그저 즐겁게 생활하는 게 좋아."

소홍은 입을 삐쭉이다가 문득 뭔가 좋은 생각을 떠올린 듯 다시 그녀의 팔에 엉겨 붙으며 입을 열었다.

"그럼 지금 내 나이에는 재미있게 사는 게 무엇보다 중요한 거겠네요."

그녀는 또 이 앙큼한 꼬마 계집이 무슨 수작을 부리나 싶어 눈을 가늘게 떴다. 소홍은 더욱 그녀에게 밀착하며 말을 이어 나갔다.

"그럼 이번 일에 저도 끼어들래요."

그녀의 눈이 휘둥그레졌다.

"이번 일? 그건 또 무슨 소리니?"

소홍이 다 알고 있다는 듯이 눈웃음을 흘리며 말했다.

"에이, 정말 나를 인형 취급 하신다니까. 저도 눈이 있고 귀가 있다구요. 그리고 생각할 줄 아는 머리도 있구요."

"그야 당연하지. 그런데 그거와 이번 일이라는 게……."

"드디어 강 아저씨를 끌어들일 계획을 꾸미신 거 다 알아요. 며칠 전에 만 노야(老爺)를 만나셨을 때 함께 사전 공작을 하시지 않으셨어요?"

소홍의 말에 그녀는 깜짝 놀랐다는 듯이 눈을 크게 떴다. 소홍은 어깨를 으쓱거리며 장난꾸러기처럼 말했다.

"다 알고 있다구요."

"흠, 누가 네게 그런 일급비밀을 흘렸을까?"

그녀는 짐짓 낯을 굳히며 말했다.

"가만 놔둘 수가 없겠네. 아이에게 해줄 말이 있고 하지 않아야 할 말이 있는데 말이지."

그녀의 표정이 달라지자 소홍은 당황한 모양이었다. 소홍은 재빨리 애교 넘치는 표정을 지으며 그녀의 가슴에 얼굴을 비볐다.

"그런 무서운 얼굴 하지 말아요, 언니. 누가 이야기해 준 게 아니니까요."

"그럼 어떻게 알았지?"

"그건……."

"그건?"

"몰래 엿들었어요, 죄송해요."

"응? 그게 무슨 소리니?"

그녀의 얼굴이 차갑게 변했다. 그녀는 소홍을 떼어내고는 똑바로 얼굴을 바라보며 물었다.

"설마…… 나와 만 노야가 잠자리를 가졌을 때… 그때 엿들었다는 거야?"

"죄, 죄송해요."

소홍은 어깨를 축 늘어뜨리며 고개를 숙였다.

사실 그녀가 사내들과 잠자리를 갖는 건 절대로 엿보거나 엿듣지 말라고 몇 번이나 당부하고 주의를 주지 않았던가. 또 소홍은 알겠다며 매번 약속했다.

그런데도 소홍은 그 약속을 지키지 않았다. 그 나이 또래의 은밀한 성적 호기심을 억누르지 못하고 몇 번이나 그녀의 잠자리를 훔쳐보았던 것이다.

"방으로 들어가거라."

그녀의 얼굴에 서릿발처럼 차가운 기색이 스며들었다.

"열흘 동안 외출 금지다."

"언니……."

"만약 방 밖으로 나온 네 모습을 보게 된다면 이번에는 결코 가만 놔두지 않을 거야."

소홍은 너무 가혹한 처사라고 항변하려 했다. 하지만 웃음기 한 점 없는 그녀의 얼굴을 보고는 이내 체념한 듯 고개를 숙인 채 자리에서 일어났다. 그리고 제 방으로 향해 터벅터벅 걸어가다가 문득 고개를 돌리며 소리쳤다.

"못된 엄마!"

그녀가 소홍을 노려보았다.

"엄마라고 부르지 말랬지!"

"홍!"

소홍은 홱! 고개를 돌리고는 제 방으로 뛰어갔다. 쾅! 하고 문 닫히는 소리가 요란하게 들려왔다. 그녀는 고개를 설레설레 흔들며 한숨을 내쉬었다.

"갈수록 말을 안 듣는다니까."

사실 적어도 겉으로만 보기에는 소홍은 어린아이가 아니었다. 열세 살이라고는 믿어지지 않을 정도로 소홍은 굴곡진 몸매와 화려한 외모를 지니고 있었다.

요 근래 들어 주변 상가 사내들이 음흉한 눈빛으로 소홍의 볼록한 가슴과 가는 허리, 탱탱한 엉덩이와 길게 빠진 다리를 탐욕스럽게 훑어본다는 것 정도는 그녀도 잘 알고 있었다.

하지만 그럼에도 불구하고 아직 소홍은 열세 살의 어린 꼬마가 아닌가. 아직은 세상의 더러움과 사내의 추악함에 대해서 알 필요가 없는 나이가 아니던가.

그녀는 다시 한 번 한숨을 내쉬면서 서찰을 펼쳤다.

＊　　　　＊　　　　＊

십삼매(十三妹) 친전(親前).

상략(上略)…….

녹면귀혼의 보고 이후 한 달 동안 조사한 내용을 간략하게
정리하였습니다.

일(一).

녹면귀혼의 추측대로 그자는 십여 년 전에 자취를 감췄던 혈
겁수라 담우천이 확실함. 무한에서 과거 동료들이었던 무루광
자, 나찰염요, 만월망량, 이매청풍과 조우하는 광경을 확인했
음.

거기까지 읽은 여인, 십삼매는 저도 모르게 서찰을 와락
쥐며 구겼다. 그녀의 아름다운 얼굴에 증오와 분노, 당혹과
의문의 빛이 동시에 스며들었다.

"분명 담우천이라는 말이지?"

그녀는 입술을 깨물었다.

단 한 번도 만난 적이 없는 사내였다. 하지만 그 이름만큼은 귀에 딱지가 내려앉을 정도로 무수히 많이 들었다.

　정사대전 당시 담우천이라는 자로 인해, 그가 이끄는 조직으로 인해 얼마나 많은 피해를 입었던가. 또한 그녀의 선사(先師) 역시 그들에게 중상을 입은 후, 놈들의 눈을 피해 신분을 위장하고 이곳 사천(四川) 성도부(成都府)의 관아 뇌옥에 갇힌 채로 한동안 요양을 해야만 했었다.

　"그자가 나타났다는 말이지?"

　담우천에게는 빚이 있었다. 비록 그녀가 진 건 아니었지만 반드시 갚아줘야 할 빚. 그리고 그녀에게는 빚을 갚을 충분한 힘이 있었다.

　그녀는 잠시 생각하다가 다시 서찰을 펴고 읽어 내려갔다.

　이(二).

　그에게는 두 명의 아들과 한 명의 젊은 여인이 있음. 관찰 결과 아이들은 그의 자식이 분명하지만 여인은 그의 아내가 아닌 듯함.

　삼(三).

　지금 그는 야시에 대해 조사, 추적 중임. 그간 그의 행적을 거슬러 조사한 결과 아마도 가까운 지인(아내일 가능성이 가장 높음)이 야시에게 납치당한 듯함.

"호오, 아내도 있고 아들들도 있어? 그동안 잘 지낸 모양이군."

십삼매는 비아냥거리듯이 중얼거리며 계속해서 서찰의 내용을 훑어갔다.

사(四).

그들 일행이 두 패로 갈렸음. 담우천과 나찰염요는 무한을 떠나 북쪽으로 향함, 나머지 일행은 무한의 한 장원으로 거처를 이동. 우선 양쪽 모두 감시자를 붙여 두었음.

중략(中略)……

지난 한 달 동안의 조사 결과입니다. 차후 조치를 지시 바랍니다.

귀왕야(鬼王爺) 배상(拜上).

서찰은 살막의 막주(幕主)가 직접 써서 보낸 글이었다. 십삼매는 다시 한 번 서찰의 내용을 꼼꼼하게 읽고는 초로 불을 붙여 태웠다. 서찰은 순식간에 재로 변했다.

그녀는 걸상처럼 길고 푹신한 장등자(長凳子)에 비스듬히 누웠다. 그녀의 크게 굴곡진 곡선이 얇은 옷자락 사이로 드러났다. 그 어떤 사내라 하더라도 눈을 떼지 못하게 만드는 마력이 있는 몸매.

십삼매는 눈을 감은 채 깊은 상념에 젖었다. 그동안 그녀의 표정은 수시로 바뀌고 있었다.

마음 같아서는 당장에라도 그를 잡아 죽이고 싶었다. 그러나 놈을 죽이려면 최소한 그녀의 전력 중 삼분지 일은 동원해야 했다. 놈과 놈의 동료들은 그만큼 위험하고 가공할 힘을 지닌 자들이었으니까.

하지만 아쉽게도 지금 그렇게 전력을 나눌 여유가 그녀에게는 없었다.

우선은 눈앞에 펼쳐진 일에 충실해야만 했다. 오대가문을 무너뜨리고 태극천맹을 멸절(滅絶)케 만들기 위해서는 그녀의 모든 전력을 총동원해야만 했다.

"우선은······."

그렇다는 거다.

그녀는 다시 몸을 일으켜 앉았다. 어느새 그녀의 표정은 평소처럼 온화하게 바뀌었다. 모든 정보망, 살막과 황계 등의 정보망을 총동원하여 담우천을 주시하라는 지시를 내리기로 마음먹은 것이다.

"서찰을 보낼 곳이 여러 군데네."

그녀가 중얼거릴 때였다. 방에 들어가 있는 줄로만 알았던 소홍이 쪼르르 달려왔다. 십삼매의 눈이 매서워지는 순간, 소홍이 웃으며 말했다.

"바로 그 강 아저씨가 왔어요."

일순 십삼매의 얼굴이 환하게 변했다.

"어머, 웬일이실까?"

그녀는 서둘러 자리에서 일어났다. 그녀는 소경자(小鏡子)를 찾아 얼굴과 옷매무새를 확인하고 머리카락을 다듬었다. 소홍이 묘한 눈빛으로 그 모습을 지켜보며 킥킥거렸다. 십삼매가 눈을 흘기며 소리쳤다.

"왜 안 들어가고 있어?"

그때였다.

"오랜만이군."

묵직한 목소리와 함께 삼십대 초반의 한 사내가 들어왔다. 입고 있는 관복(官服)이 미어터질 것처럼 뚱뚱한 체구의 사내였다.

사내의 넓적한 얼굴에 좁쌀만 한 눈, 두툼한 입술의 용모를 보건대 결코 여인들에게 인기가 있을 것 같지 않아 보였다. 그러나 사천에서 가장 아름다운 십삼매는 몸을 살짝 꼬며, 아양을 부리듯 콧소리까지 섞은 채 말했다.

"오랜만이네요, 오라버니."

사내, 강만리(姜萬里)가 무뚝뚝하게 말했다.

"오라버니라고 부르지 말라고 했다."

"미안해요, 포두(捕頭) 나리."

십삼매는 여전히 미소를 잃지 않은 채 말했다.

"그나저나 위풍당당한 포두 나리께서 이 허름한 곳에는 무슨 일로 오셨을까요?"

사천 성도부의 일급 포두인 강만리는 당연하다는 듯이 말했다.

"성도부 황계 지부주를 찾아온 데 무슨 특별한 이유가 있겠나? 정보를 얻기 위해서지."

"섭섭해라."

십삼매는 진심인 양 한숨을 내쉬며 장등자에 앉았다. 당장에라도 끌어안고 위로해 주고 싶을 정도로 가녀린 모습이었다.

강만리는 애써 그녀를 외면하면서 주위를 둘러보았다. 탁자 밑으로 조금 전 무언가를 태운 듯한 재가 남아 있는 게 언뜻 그의 시야에 들어왔다.

하지만 그는 신경 쓰지 않은 채 습관처럼 엉덩이를 긁적거리며 물었다.

"흑룡방의 안흉귀(顔兇鬼)라고 잘 알지? 그 녀석, 사고치고 숨었다. 갈 만한 곳은 다 찾아봤는데 전혀 종적을 찾을 수가 없어."

"그런데요?"

"뭐가 그런데요야? 다른 사람은 몰라도 자네만은 알고 있을 게 아냐."

"글쎄요."

십삼매가 알 듯 모를 듯 고혹스런 미소를 머금으며 고개를 갸웃거렸다. 강만리는 한숨을 쉬며 말했다.

"봐 다오. 지금 그 녀석 때문에 엄청 깨지고 왔거든."

그제야 십삼매는 활짝 웃으며 말했다.

"아, 그리고 보니 그가 어디 숨었는지 들은 것 같기도 하네요. 차 한 잔 마시면서 이런저런 이야기 나누다 보면 확실하게 기억이 날 것 같은데요. 어때요?"

2. 율법(律法)

"그자는 강합니다."

무릎을 꿇고 머리를 조아린 여인이 조심스레 말했다.

지금 그녀의 앞에는 희뿌연 안개처럼 연기가 자욱한 가운데 한 사람의 형체가 검은 그림자를 만들어내며 앉아 있었다.

검은 그림자가 왕림할 때면 그는 언제나 이런 연기로 자신의 얼굴을 가렸다. 그런 까닭에 여인은 지금껏 단 한 번도 그의 얼굴을 본 적이 없었다.

"단 한 사람으로 인해 여남의 야시가 멸절할 뻔했습니다. 만약 그가 냉정을 잃지 않았더라면… 백 명이 넘는 야경이 몰살당할 수도 있었을 겁니다."

여인은 보고하듯 혹은 변명처럼 계속해서 말을 이어 나갔다. 그러는 가운데 검은 그림자는 미동도 하지 않은 채 여인의 이야기를 듣고만 있었다.

"게다가 그자의 동료들 또한 상당한 실력을 지녔습니다. 비록 수는 적지만 최소한 문경급의 초절정고수들이었습니다. 환희루주라는 그 여인이나, 갑작스레 포위망을 뚫고 나타난 중년인, 그리고 후방에서 교란하며 도주로를 뚫어준 노인들은 당경급의 우리 야경들이 도저히 어찌해 볼 수 있는 자들이 아니었습니다."

말이 쉬워 문경급이지, 문경은 구파일방의 장문인 정도의 무위를 지녔다는 뜻이었다. 아무리 강호무림이 넓고 고수들이 모래알처럼 많다고 하지만 그만한 실력자들은 결코 쉽게 찾아볼 수 없는 고수들이었다.

그런데 한 명도 아닌, 무려 네 명이나 되는 문경급 고수들이 여남의 야시를 목표로 일시에 나타나 들쑤신 것이다. 천하의 야시라 하더라도 그들의 기습을 막아내는 건 거의 불가능했다.

즉, 여인은 이번 참사가 자신의 잘못이 아닌, 거의 천재지변에 가까운 불가항력적인 사고라고 말하고 있는 것이다.

"사실 어쩌면 속하(屬下)가 미리 그 참사를 막을 수 있었을지도 모릅니다."

하지만 그녀는 계속 변명만 하는 게 아니었다. 이번 사태가 어쩔 수 없는 불가항력이라고 말한 후 여인은 다시 자신의 잘못에 대해서 반성하듯 말을 잇고 있었다.

"이번 전투 와중에 죽은 적들의 시신을 살펴보았습니다. 그 결과 그중 몇 명은 야시의 장사꾼으로, 또 손님으로 낯이 익었던 자들이었음을 발견했습니다. 즉, 저들은 꽤 오래전부터 신분을 위장한 채 잠입해 있었던 겁니다. 그러한 사실을 미처 파악하지 못했던 속하의 잘못, 죽음으로 배상해도 모자랄 것입니다."

게서 그녀는 말을 멈췄다. 양손과 양 무릎, 이마를 바닥에 대고 엎드린 오체복지의 자세를 유지한 채 그녀는 검은 그림자의 입이 열리기만을 기다렸다.

시간은 느릿느릿하게 흘러가고 있었다.

우유처럼 하얗고 탐스러운 그녀의 목덜미에 수정처럼 반짝이는 땀방울이 맺힐 즈음, 검은 그림자의 입이 처음으로 열렸다.

"야흔이 이 초를 막지 못하고 당했다는 게 사실이냐?"

여인은 입술을 깨물었다.

그녀와 야흔은 상관과 수하이기 이전, 은밀한 관계를 유지하던 관계였다. 그런 야흔의 죽음을 떠올리자 새삼 분노가 치미는 것이다. 하지만 그녀는 감정을 억누른 채 최대한 침착한 목소리로 대답했다.

"그렇습니다."

검은 그림자는 다시 침묵했다.

여인은 초조하게 그의 다음 말을 기다렸다. 한 지역의 야시를 책임지고 관리하는 그녀에게 있어서 저 맞은편에 앉아 있는 검은 그림자는 그야말로 자신의 생사를 결정하는 판관(判官)과 다름이 없었다.

그가 죽음을 선고하면 그녀는 꼼짝없이 목을 내밀어야 했다. 초조할 수밖에 없는 게 당연했다.

이윽고 검은 그림자가 다시 입을 열었다.

"도주한 적들의 행방은?"

검은 그림자는 여인의 초조함과 불안함을 즐기는 듯, 좀처럼 판결을 내리지 않은 채 이것저것 질문하기만 했다. 그것도 꽤 오랜 시간을 두고서.

여인은 심적으로 꽤나 큰 고통을 받으면서도 여전히 겉

으로는 침착하게 대답했다.

"그날은 포왕산 중턱에서 종적을 놓쳤습니다. 게서 두 방향으로 나눠 도망간 것까지만 확인한 후 인력을 철수했습니다. 오리무중(五里霧中)이었던 그자의 행적이 다시 확인된 건 다음 날 아침이었습니다. 그자는 어떻게 알았는지 본야시 소속의 고돈웅이라는 자를 찾아가 살해했습니다. 그 시체에 고문의 흔적이 남아 있는 걸로 보아 고돈웅에게서 뭔가 알아내고자 하는 게 있었음이 분명합니다."

고돈웅이 살해당했다는 걸 알게 된 그녀는 곧장 관아로 연락하여 모든 인력을 동원하여 놈을 찾도록 했다. 그녀와 금적상가로부터 거액의 후원금을 받는 입장인 만큼 관아는 금적상가의 총관과 중간 상인이 살해당한 이번 사건에 전력을 기울일 수밖에 없었다.

포두와 포쾌는 물론 나졸들까지 총 동원한 수색은 마침내 그날 저녁 연빈객잔(延賓客棧)에서 결과를 얻어낼 수 있었다. 비록 놈은 놓쳤지만 그로 인해서 놈의 이름이 담우천이라는 것을 알아낼 수 있었다.

또한 담우천이 정주 아문의 추관 아들까지 살해한 적이 있다는 사실과 원래 유주의 낭인이라는 것을, 그리고 두 명의 아들을 동반하고 있다는 등등의 세세한 정보들까지 얻게 된 것 역시 상당한 수확이었다.

"그날 이후 담우천의 행적은 다시 묘연해졌습니다. 하지만 여남 관아의 도움으로 주변 십육 개 아문에 연락을 취했으니 곧 놈의 종적이 발견될 겁니다."

여인, 미후신의 대답은 게서 끝났다.

검은 그림자와 미후신의 사이를 가로막고 있는 희뿌연 연기가 더욱 짙어졌다. 통풍이 제대로 되지 않는 공간 속에서 계속 뿜어 나오는 연기로 인해 미후신의 눈동자가 풀리고 정신이 어지러워졌다.

'정신을 차려야 해.'

그녀는 입술을 깨물었다. 그때였다. 검은 그림자의 입이 다시 열렸다.

"그날 그자가 납치해 간 여인이 하나 있었다고?"

미후신은 아차 하는 얼굴이 되었다. 깜빡 잊고 있었던 부분이었다. 보고서에는 작성해 올렸지만 그리 중요하지 않다고 생각해서 주의 깊게 생각하지 않았던 게다.

"그렇습니다."

"그녀는 어디의 누가 관리하던 여인이지?"

미후신은 기억을 더듬었다.

환락의 음약(淫藥)과 양귀비의 앵속(罌粟)을 갈아 만든 초가 만들어낸 희뿌연 연기가 언제나처럼 그녀의 정신을 오락가락하게 만들고 있었다. 하지만 그래도 십이지회의 우두머리답게 그녀는 마침내 기억을 되살릴 수 있었다.

"소진이라고 합니다. 낙양의 영도 선사가 관리하는 무향천(霧香天)에서 내보낸 계집입니다."

"놈들이 다급하게 도주하는 와중에도 굳이 그 계집을 구한 이유는?"

"그건 속하도 잘 모르겠습니다."

"흠, 무향천이라……."

검은 그림자는 잠시 생각하다가 알겠다는 듯이 고개를 끄덕이며 말했다.

"그럼 그 담우천이라는 자의 다음 행선지가 어디인지 대충 정해진 것 같구나."

하지만 이때의 미후신은 슬슬 이지를 상실하고 있어서 그의 말이 무슨 의미인지 알아차리지 못했다.

검은 그림자가 말했다.

"고개를 들라."

미후신이 고개를 들었다. 그녀의 얼굴은 빨갛게 달아올라 있었고 그녀의 눈빛은 흐릿하게 변해 있었다. 검은 그림자는 고개를 끄덕이며 말했다.

"옷을 벗어라."

미후신이 망설이지 않고 옷을 벗기 시작했다. 검은 그림자는 무심한 눈빛으로 그 광경을 지켜보면서 중얼거리듯 말을 이어 나갔다.

"그렇게 좋은 몸을 가진 왜 너를 죽이겠느냐?"

한 겹의 옷을 벗을 때마다 미후신의 유혹적인 나신이 천천히 드러나고 있었다.

"한 번의 실수는 용서하지. 그게 천계의 율법(律法)이니까. 하지만 또 한 번 실수한다면··· 그때 너는 소진이라는 계집처럼 벌거벗은 채로 야시의 제단 위로 올라가 새로운 주인을 기다리게 될 것이다."

검은 그림자의 말을 듣지 못했는지 미후신은 전혀 반응하지 않은 채 마지막 속옷을 벗었다. 그녀의 아름다운 전라가 검은 그림자의 눈에 들어왔다.

검은 그림자는 여전히 무심한 어조로, 하지만 한 가닥 정욕의 불길이 타오르는 눈빛으로 그녀를 바라보면서 말했다.

"이리 오너라. 이제 내게 봉사할 시간이다."

철저하게 벌거벗은 미후신은 아무런 부끄러움 없이 천천히, 그 환락의 연기 너머로 걸어가기 시작했다.

이미 그녀는 이지(理智)를 잃고 오직 쾌락과 정염의 원초적인 열정에 사로잡힌 후였다. 그녀가 검은 그림자와 똑바로 눈을 마주치고 있음에도 불구하고 그의 얼굴을 전혀 알아보지 못하는 건 바로 그 이유 때문이었다.

검은 그림자가 앉아 있는 공간의 주변 벽에는 기이하게
도 사람의 얼굴 모양을 한 조각들이 새겨져 있었다. 그 조
각들을 언뜻 보면 마치 고무로 만든 벽을 한껏 밀고 나온
얼굴처럼 느껴졌다.

한편 검은 그림자의 앞에 다가간 그녀는 무릎을 꿇으며
그의 사타구니를 향해 고개를 숙이고 입을 벌렸다. 이내 미
후신의 머리가 천천히 움직이기 시작했다.

하지만 검은 그림자의 얼굴은 여전히 무표정하고 냉랭했
다. 그는 아래위로 움직이는 미후신의 머리를 잠시 내려다
보다가 문득 입을 열었다.

"무향천으로 가서 그를 만나라."

그 말을 기다렸다는 듯이, 벽에 새겨져 있던 얼굴 조각들
이 일제히 뒤로 밀려나기 시작했다.

놀랍게도 그건 조각이 아니었다. 그 얼굴 형태의 조각들
은 알고 보니 단단하기 그지없는 벽을 돼지 오줌보처럼 쭈
욱 밀어낸, 진짜 사람의 얼굴이었던 것이다.

그 얼굴들이 벽 속으로 밀려 들어가는 동안, 검은 그림자
의 사내는 미후신의 머리를 붙잡아 거칠게 끌어당기며 말
을 이었다.

"그를 만난 후 늘 하던 세 가지 해결 방안에 따라서 일을
처리하도록. 반드시 명심할 것은, 결코 손해를 보는 장사는

하지 말아야 한다는 것이다."

　얼굴들은 한마디의 대답도 없이 벽 속으로 밀려 들어갔다. 그렇게 얼굴들이 사라진 후 벽은 다시 원래의 상태로 되돌아갔다.

　미후신은 그런 기괴한 일이 벌어진 것도 전혀 모른 채 쉬지 않고 고개를 움직였다. 크게 벌린 입술 사이로 끈적거리는 액체가 쉴 새 없이 흘러내리는 가운데, 그녀의 아름다운 얼굴은 걷잡을 수 없는 음욕과 쾌락에 대한 본능으로 붉게 타오르고 있었다.

　3. 왜 나를 갖지 않았어요?

　"왜 나를 갖지 않았어요?"

　정신을 잃고 쓰러진 지 이틀 만에 깨어난 나찰염요가 무투광자를 향해 처음 한 말이었다. 무투광자는 어이가 없다는 표정으로 그녀를 내려다보았다.

　　　　　*　　　　　*　　　　　*

　담우천의 뒤를 쫓기 위해 무투광자와 함께 여남으로 들어서던 나찰염요는 갑작스런 발열로 인해 그대로 정신을 잃고 쓰러졌다. 아무래도 화살에 의한 상처가 덧난 모양이었다.

결국 무투광자는 담우천의 뒤를 쫓는 걸 포기할 수밖에 없었다. 그는 객잔을 찾아 방을 구하고는 서둘러 의생을 불러왔다. 그녀의 상태를 확인한 의생이 말했다.

"부상으로 인해서 가뜩이나 약해진 체력에 고뿔이 들었소. 상당히 중한 증세라고 할 수 있소이다."

무투광자의 안색이 급변했다. 하지만 의생은 괜찮다는 시늉을 하면서 말을 이었다.

"일반인이라면 그렇다는 것이오. 보아하니 강호의 여협(女俠)인 것 같은데…… . 기본 체력이 좋으니 한 닷새 정도 푹 쉬면 나을 것이오. 게다가 이미 꽤 좋은 약을 복용한 것 같으니까."

무투광자는 의생을 따라가 약을 받은 다음 다시 저잣거리로 나가 몇 가지 물건을 사 가지고 돌아왔다.

여전히 나찰염요는 혼절한 상태였다. 무투광자는 가만히 그녀를 내려다보다가 이불을 젖히고 나찰염요의 옷을 벗기기 시작했다. 그녀의 옷은 피와 먼지로 얼룩져 있었고 곳곳이 뚫려서 보기가 흉했다.

옷을 모두 벗기자 그녀의 아름다운 나체가 드러났다. 봉긋한 가슴과 개미허리, 그리고 육감적인 골반에서 이어지는 탱탱한 허벅지와 쭉 뻗은 종아리가 미끈했다.

　열 때문인지 우유처럼 새하얀 피부가 붉게 달아올라 있었는데, 그게 더 매혹적이고 색정적으로 느껴졌다.

　하지만 무투광자는 눈빛 한 점 변하지 않았다. 그는 물에 적신 수건으로 그녀의 온몸을 깨끗하게 닦아주었다.

　얼굴과 겨드랑이, 허벅지는 물론이거니와 그녀의 다리를 벌리고 은밀한 곳까지 세심하게 닦았다.

　그녀는 축 늘어진 채 무투광자의 손길에 따라 손을 뻗고 다리를 내밀었다.

　그녀의 몸을 돌린 후 등과 엉덩이가 갈라진 곳까지 깨끗하게 닦아준 무투광자는 부상 부위에 약을 바르고 붕대를 감았다. 그런 연후 새로 사온 옷으로 갈아입혔다.

　무투광자는 다시 그녀를 눕힌 다음 이불을 덮어주었다. 그동안 한 점 흔들림이 없던 그의 눈빛과는 다르게 이마에는 굵은 땀이 송골송골 맺혀 있었다.

　"이것 참."

　그는 침상 옆 의자에 주저앉으며 투덜거렸다.

　"차라리 수백 명의 적과 맞서 싸우는 게 낫지, 이거야 원……."

　지금 상황이 매우 곤혹스럽고 난처한 듯 그렇게 불퉁거리는 무투광자였지만 그래도 나찰염요에 대한 치료와 간호는 지극정성을 다했다.

첫날은 온몸이 불덩이 같던 그녀였지만 쓰러진 지 이틀
이 지나면서 열은 많이 내렸다.

무투광자는 반 시진마다 한 번씩 젖은 수건으로 그녀의
몸을 닦아주었고 내공을 일으켜 그녀의 전신을 주물러 주
었다.

그 덕분이었을까, 나찰염요는 의생이 예상했던 것보다
훨씬 빨리 정신을 차렸다.

"정신을 차렸군, 건파."

무투광자가 손뼉을 치며 즐거워했다. 나찰염요는 멍한
눈빛으로 그를 쳐다보다가 힘겹게 몸을 일으켜 앉았다. 무
투광자가 얼른 그녀를 부축하며 도와주었다.

침상에 등을 기댄 그녀는 자신을 둘러보았다.

깨끗한 옷으로 갈아입은 상태, 붕대 또한 새 것이었고 땀
과 더러운 먼지와 피로 끈적거리던 기분도 느껴지지 않았
다.

그것만으로도 충분히 알 수 있었다. 그녀가 혼절했을 때
무투광자가 자신을 홀딱 벗겨놓고 씻어주고 갈아주고 새로
입혔을 거라는 사실을,

그녀는 의아한 듯 고개를 돌려 무투광자를 보며 물었다.

"왜 나를 갖지 않았어요?"

무투광자는 어이가 없다는 얼굴이었다.

"그게 무슨 소리야?"

나찰염요는 당연하다는 듯이 말했다.

"좋은 기회였잖아요?"

"무슨 좋은 기회?"

"오라버니, 늘 나와 잠자고 싶어 하지 않았어요?"

"그야 그랬지."

무투광자는 헛기침을 하며 대답했다. 나찰염요가 무심한
목소리로 말했다.

"그러니 좋은 기회였잖아요. 제 옷을 벗긴 김에 한 번 정
사를……."

"무슨 헛소리야?"

무투광자가 눈을 크게 뜨며 말했다.

"시체처럼 축 늘어져 있는 임자를 보고 그럴 음심을 품는
게 정상이라고 생각하나?"

나찰염요는 고개를 갸웃거렸다. 그녀는 눈을 동그랗게
뜨고 무투광자를 쳐다보았다. 갓 회복된, 아직은 병색이 미
미하게 남아 있는 그녀의 눈동자와 얼굴이 그의 마음을 두
근거리게 만들었다.

"제 몸매가 별루였나요?"

그녀가 물었다.

"으응? 그, 그건 아니지."

무투광자는 헛기침을 하며 대답했다.

"남자들은 내가 시체처럼 늘어져 있거나 말거나 상관하지 않던데요. 어떤 이들은 그걸 더 좋아하기도 하구요."

"나는 그런 변태가 아니라니까!"

무투광자가 소리를 버럭 질렀다.

"적어도 나는 말이지, 임자와 몸만 섞는 정사 따위는 하고 싶지 않다고! 그 뭐냐, 그래, 교감! 임자와 정신적인 교감을 나누며 육체적인 사랑을 갖는 게 내 소원인데……. 어디서 그런 쓰레기 같은 종자들과 비교를 해?"

"교감이라……."

나찰염요는 뭔가 곰곰이 생각하는 얼굴이 되었다. 무투광자는 자리에서 벌떡 일어나 밖으로 나가며 말했다.

"어쨌든 기다리라구. 이틀 동안 아무것도 먹지 못했으니까 죽이라도 가져오지."

나찰염요는 그가 문을 닫고 나가는 뒷모습을 물끄러미 지켜보았다.

다음 날 늦은 오후가 되어서야 비로소 그녀는 자리에서 일어날 수가 있었다.

"걸을 수 있겠나?"

무투광자의 말에 그녀는 고개를 끄덕였다.

"그럼 잠시 후에 내려오게. 미리 요리를 주문해 둘 터이 니까."

무투광자는 그 말을 남기고 아래층으로 내려갔다.

나찰염요는 침상에서 내려왔다. 발목이 살짝 삐끗거렸 다.

그녀는 어린아이가 걸음마를 하듯 천천히 걷기 시작했 다.

현기증이 핑 도는 바람에 잠시 벽을 짚고 기댄 채 숨을 골라야 했지만 그녀는 곧 침착하게 걸음을 옮겼다.

그렇게 좁은 방을 몇 바퀴 돈 후 그녀는 문을 열고 방을 나섰다.

객잔 일 층은 텅 비어 있었다.

오직 무투광자만이 창가 쪽 탁자에 앉아 있다가 계단을 따라 내려오는 나찰염요를 보고 손을 흔들었다.

창밖을 보니 해가 어스름 지고 있었는데, 저녁 식사나 술 을 마시러 객잔을 찾아온 손님이 단 한 명도 없다는 건 확 실히 부자연스러운 일이었다.

나찰염요는 조심스럽게 걸어와 탁자에 앉으며 핀잔을 주 듯 말했다.

"괜한 짓을 다 하네요."

"사람들이 임자를 보고 피울 소란을 미연에 방지해 둔 것뿐이네."

"늘 있던 일인데요, 뭐."

"아냐. 지금의 임자는 평소와 다르다구."

무투광자는 턱을 쓰다듬으며 말했다.

"뭐랄까? 좀 더 보호본능을 자극한다고 할까. 아니, 확 꺾어버리고 싶은 욕구를 불러일으킨다고나 할까. 설명하기 복잡한데……. 뭐, 그런 게 있네. 어쨌든 평소의 임자보다 훨씬 더 자극적이라고, 지금의 모습이."

평소의 아름다운 외모에 부서질 것만 같은 창백함까지 깃든 그녀는 확실히 평소와는 달랐다.

그건 점소이들만으로도 충분히 알 수 있었다. 그들은 그녀가 일 층에 나타났을 때부터 지금까지 단 한 번도 시선을 떼지 못했으니까.

미리 무투광자가 주문한 요리들을 가지고 오면서도 그들은 힐끔거리며 그녀를 바라보았다.

십여 가지의 요리가 금세 탁자 위에 놓였다. 세 가지 고기와 일곱 가지 약재를 넣고 끓인 죽도 나왔다. 시각을 자극하고 미각을 만족시키는 훌륭한 요리들이었지만, 나찰염요는 죽만 몇 번 떠먹었을 뿐이었다.

반면 무투광자는 왕성하게 식사를 하면서 입을 열었다.

"우리가 이곳에 머무는 동안 그새 형님은 꽤 요란하게 일을 벌였더군. 덕분에 거리마다 포쾌, 나졸들로 가득 차 있네. 길을 오가는 행인들보다 검문 검색하는 관아(官衙) 사람들이 더 많을 지경이야."

그는 지난 사흘 동안 무슨 일이 일어났는지 설명해 주었다.

나찰염요는 그의 이야기를 들으면서 가늘게 눈을 뜬 채 창밖을 바라보았다.

창밖으로 보이는 거리에는 어둠이 내려앉기 시작했다.

사람들이 밖으로 나와 처마 끝에 매달린 붉은 등에 불을 밝히고 있었다.

그때였다. 객잔의 문이 열리고 사람들이 들어섰다. 점소이가 재빨리 달려가 허리를 숙이며 말했다.

"죄송합니다만, 지금은 손님을 받지 않습니다."

"그게 무슨 소리죠?"

열일고여덟 살 정도로 보이는 젊은 처자가 매섭게 객잔 실내를 둘러보며 물었다.

"손님을 안 받는다면 저 사람들은 뭔가요?"

그녀의 뒤로는 두 명의 청년이 호위하듯 서 있었는데 눈빛이 깊고 자세가 안정되어 있는 걸로 보아 상당한 실력을 지닌 듯 보였다.

여인이 힐문하듯 매섭게 묻자 점소이가 쩔쩔 매며 대답했다.

"저분들이 통째로 빌려서 그렇습니다."

"호오, 그렇다면 저 사람들에게 양해만 얻으면 되겠군요."

"굳이 그러실 필요 없이… 여기 맞은편에도 객잔이 있는데요."

하지만 여인은 점소이의 말은 들은 척도 하지 않은 채 성큼성큼 걸어 나갔다. 점소이가 황급히 그녀의 앞을 가로막으려 했지만 뒤이어 따라오는 청년들의 기세에 눌려 어찌할 바를 몰라 했다.

젊은 여인은 곧장 무투광자와 나찰염요에게 다가가 말을 건넸다.

"실례해요."

무투광자와 나찰염요가 그녀를 돌아보았다. 여인은 나찰염요를 보고는 흠칫 놀라는 얼굴이 되었다.

'뭐 이렇게 아름다운 사람이 다 있어?'

여인은 조금 분하다는, 혹은 질투심이 난다는 듯한 표정을 지으며 말했다.

"정주에서 이곳까지 급하게 오느라 거의 이틀 동안 제대로 먹지 못했어요. 게다가 지치기도 했구요. 그러니 폐가

안 된다면 구석진 자리 좀 빌려서 앉고 싶네요."

오만하고 도도한 기세가 그녀의 이야기 속에서 느껴졌다.

게다가 그녀의 표정에는 사람을 내리깔아 보는 기색이 없지 않았다.

'당돌한 아가씨로군.'

무투광자가 인상을 찌푸리며 거절하려 할 때였다. 나찰염요가 희미하게 웃으며 고개를 끄덕였다.

"그러세요. 아니, 그럴 게 아니라 합석하면 어떨까요? 마침 너무 많이 음식을 시켰거든요."

그녀의 말이 '배가 고프다고 했으니 이거라도 먹을래?'라고 들렸던 것일까. 여인은 나찰염요를 노려보듯 바라보았다.

반면 나찰염요는 미소를 머금은 채 그녀를 쳐다보았다. 마치 두 여인은 기싸움이라도 벌이는 것처럼 그렇게 아무 말 없이 서로를 바라보았다.

무투광자는 갑작스러운 상황 전개에 놀라 두 눈을 멀뚱거리기만 했다.

그때 갑자기 여인의 표정이 바뀌었다. 그녀는 생글생글 웃으며 말했다.

"고마워요. 안 그래도 주문을 기다릴 여유가 없을 정도로 배가 고팠거든요."

그녀는 나찰염요의 옆자리에 앉더니 그릇들을 자기 앞으로 끌어당겼다.

그리고는 거침없이 손을 놀려 이것저것 집어 먹으면서 연신 고개를 끄덕였다.

"음, 배가 고파서 그런지 정말 맛있네. 뭣들 하고 있어? 같이 와서 먹자."

그녀의 말에 청년들이 쭈뼛거리며 다가왔다.

그들은 나찰염요와 무투광자에게 두 손을 모아 정중하게 인사를 하고는 자리에 앉았다. 그중 한 명이 점소이를 불러 몇 가지 요리를 주문했다.

점소이가 뒤늦게 젓가락을 가져왔지만 젊은 여인은 거들떠보지도 않은 채 연신 손가락으로 음식들을 집어먹었다.

당당하다고 해야 할지, 아니면 오기가 철철 넘쳐흐른다고나 해야 할지.

무투광자가 어이없다는 듯한 표정을 지으며 그녀를 바라보았다.

순식간에 두 접시의 요리를 깨끗하게 비운 그녀는 만족한다는 듯 씨익 웃으며 입을 열었다.

"잘 먹었네요. 정말 고마워요."

"허허, 고맙기는 뭐……."

무투광자가 겸양의 말을 하려 했지만 여인은 이미 그들에게서 시선을 돌린 채 지배인을 향해 소리치고 있었다.

"여기 식대는 우리가 계산할 테니 그리 알아두세요!"

'정말 당돌하군.'

무투광자가 속으로 혀를 찼다.

'경우가 없어도 이렇게까지 없다니. 도대체 어느 집 여식인지는 모르겠지만 부모 속 좀 썩였겠구나.'

그때 나찰염요가 입을 열었다.

"정주에서 이틀 만에 이곳에 당도할 정도로 서둘렀다면 꽤 급한 용무 중인 것 같군요."

젊은 여인은 생각만 해도 기분이 나쁘다는 듯이 인상을 찌푸리며 말했다.

"개자식 하나를 뒤쫓고 있어요."

'쯧쯧, 입도 걸군.'

무투광자가 또 혀를 찼다.

그 혀 차는 소리를 들었을까, 젊은 여인은 다시 고개를 돌려 무투광자를 보더니 활짝 웃으며 입을 열었다.

"아, 그러고 보니 인사가 늦었네요. 나는 산동의 호(胡)라고 해요."

"아, 원래 호 소저셨구려."

무투광자는 심드렁하게 말하다가 일순 안색을 급변하며 말을 이었다.

"산동의 호? 설마 천궁팔부의 호 소저?"

젊은 여인은 그가 자신을 알아보자 의기양양한 표정을 지었다.

그녀는 가슴을 내밀며 오만하게 고개를 끄덕였다.

"맞아요. 천궁팔부의 호지민이 바로 나예요."

일순 무투광자는 물론 나찰염요의 얼굴에도 놀람의 빛이 스며들었다. 그리고 두 사람은 그녀가 말한 '개자식'이 누구를 가리키는지 알 것 같다는 표정으로 서로를 돌아보았다.

'설마 지금껏 형님의 뒤를 쫓고 있었던 건가? 정말 지독한 아이로군.'

무투광자는 속으로 중얼거리며 다시 호지민을 돌아보았다.

이미 그들은 담우천으로부터 그와 천궁팔부의 악연에 대해 이야기를 들어 잘 알고 있었다.

사실 담우천이 천궁팔부의 절정검 조흔을 죽인 건 정당한 비무에 의해서라고 할 수 있었다.

그러나 그 광경을 목도한 호지민은 결코 그렇게 생각하지 않는 모양이었다.

그 사건이 발생한 지 반년이 지난 오늘, 이곳까지 담우천을 쫓아온 것을 보면.

 나찰염요가 문득 몽롱한 미소를 머금으며 입을 열었다.

 "갑자기 그 개자식이라는 자에 대해서 궁금해지는군요."

第二章
잠입(潛入)

영도 선사는 눈을 가늘게 뜬 채 기억을 더듬듯 말했다.

"그러니 비싸게 팔리는 게 당연하지. 그 계집, 상화택회(賞花擇率)에서 먼저 지명되는 바람에 야시에 나가지도 않았지. 누구였더라, 그녀를 지명했던 게?"

영도 선사에게 완벽하게 제압당한 상태에서도, 담우천의 목젖이 절로 꿈틀거렸다. 드디어 자하가 팔려 나간 곳을 알게 되는 순간이었다.

1. 영도 선사

좋지 않아.

영도 선사는 뒷덜미를 매만지며 그렇게 생각했다.

지금 그는 교자의 고급 보료에 비스듬히 누워 있었지만 전혀 흔들림이 없어서, 마치 편안한 침상에 누워 있는 것만 같았다. 그러니 기분이 좋지 않을 리가 없었을 텐데, 의외로 그의 얼굴은 딱딱하게 굳어 있었다.

사실 그는 요 며칠 전부터 계속 기분이 좋지 않았다. 누군가 자신의 정수리를 노려보고 있다는 느낌이, 영도사에 있을 때부터 지금까지 단 한시도 사라지지 않았기 때문이었다.

그러나 몇 번이고 은밀하게 살펴보았지만 분명 그의 주변에는 아무것도 없었다.

한 번은 뒤통수에 따가운 느낌이 드는 순간 곧바로 고개를 홱 돌리며 노려보았지만 텅 빈 불전에 앉아 있는 불상만이 자신을 바라보고 있을 뿐이었다.

그런 경우가 한두 번이 아니었다.

영도 선사는 어렸을 적부터 수련한 덕분에 상당한 수준의 실력을 갖춰서 무공이라면 나름대로 자신만만했다. 그런 까닭에 그는 자신을 속이고 근거리까지 접근할 만한 인물은 거의 없다고 여겼다.

그럼에도 불구하고 영도 선사는 기분 나쁜 눈동자가 자신을 바라보고 있다는 느낌을 떨쳐 버릴 수가 없었다.

'하지만 분명 아무도 없단 말이지.'

영도 선사는 고개를 갸웃거렸다.

'요즘 무리하느라 기력이 딸려서 그런 건가?'

확실히 무리하기는 했다.

사실 영도사를 찾아오는 여인들을 납치하여 성의 노예로 만드는 건 그의 본업이 아니라 취미에 가까운 일이었다. 영도사는 어디까지나 그의 신분을 위장하기 위한 방편이었으니까. 괜히 긁어 부스럼을 만들 이유가 없기도 했다.

그의 본업은, 간단하게 말하자면 조련사에 가까웠다.

수십 개의 인신매매 조직을 통해서 구매한, 상등품이 될 만한 자질이 있는 여인들이 그의 장원으로 끌려오게 된다. 영도 선사의 지휘 아래 여러 명의 조교(助教)가 몇 달에 걸쳐 그 여인들을 철저하게 교육한다.

순진하고 아름다운 여염집 처자들을 완벽한 성의 노예, 혹은 주인이 원하는 무엇이든 할 수 있는 노예로 조련하는 것. 그게 바로 영도 선사의 본업이라 할 수 있었다.

그 본업의 특성상 영도 선사는 상등품을 고르는 눈이 매우 뛰어났다. 그런 까닭에 영도사를 찾아오는 여인 중에 상등품이 될 만한 이를 발견하면, '그녀를 제대로 조련하면 과연 어떤 결과물이 나올까?' 하는 생각에 흥분하고 정신을 차리지 못한다.

영도사에서 여인을 납치하는 건 바로 그 때문이었다. 이른바 직업병이라고나 할까.

어쨌든 그 두 가지 일을 병행하느라, 그리고 요 반년 사이 최고의 상등품을 만들어내느라 상당한 기력을 소모한 그였다. 지금처럼 뒷골이 당기고 누가 자신을 훔쳐보고 있다는 기분이 드는 건 아무래도 그가 요 근래 너무 무리했기 때문일 수 있었다.

그래서였다. 분위기도 바꾸고 기분도 전환할 겸, 그는 교자의 주렴을 젖히며 입을 열었다.

"낙양으로 가자."

교군꾼들은 마치 벙어리들인 양 아무런 대답도 없이 곧
장 방향을 선회했다. 그들은 남쪽으로 이동, 곧장 낙양으로
향했다.

2. 소림사(少林寺)

낙양(洛陽).

수천 년 역사를 내려오면서 아홉 번이나 서로 다른 왕조
의 도읍지였던 낙양. 그래서 구조고도(九祖古都)라 불리는
낙양은 서안(西安)과 더불어 쌍벽을 이루는 경제, 문화의 중
심지였다.

강남에 소주와 항주가 있다면 강북에는 낙양과 서안이
있다는 말이 있을 정도로 성세를 구가하고 있는 낙양에는
백마사(白馬寺)나 용문석굴(龍門石窟)을 비롯한 수많은 명
승고적이 있는데, 그중에서도 가장 유명한 곳이 바로 소림
사(少林寺)였다.

낙양과 정주 남쪽의 등봉현(登封縣)에 위치한 숭산(嵩山).
소림사는 그 숭산의 소실봉 북쪽 기슭에 세워진 사찰이었
다. 소림사가 세워진 지 약 삼십 년 후 낙엽을 타고 장강을

건너온 보리달마(菩提達磨)는 소림사로 와서 선종을 창시했고 또한 역근경(易筋經)과 세수경(洗髓經)을 남겨 소림사가 무림의 태산북두가 되는 근본을 마련했다. 이후 천 년의 세월 동안 소림사는 모든 강호인의 존경과 경외를 받으며 그 위세를 만천하에 떨쳤다.

비록 현 무림은 백도 대소문파의 연합체인 태극천맹이 맹주의 역할을 하고 있기는 했지만 그럼에도 불구하고 소림사는 여전히 뭇 강호인들의 정신적인 지주로 군림하고 있었다.

그 소림사의 산문 앞에 한 대의 교자가 멈춰 선 것은 사월 초의 햇살이 유난히도 눈부신 어느 날 오후의 일이었다.

교자에서 내린 이를 본 수문승(守門僧)들이 깜짝 놀라며 달려와 인사했다.

"영도 사숙(師叔)이 아니십니까?"

소림사의 수문승들이 자신을 반기자 영도 선사는 활짝 웃으며 말했다.

"사숙이라고 부르지 말라니까."

이십대 초중반의 젊은 수문승이 정색했다.

"그게 무슨 말씀이십니까? 비록 본산(本山)에서 법명(法名)은 받지 않으셨지만 그래도 엄연히 우리 사부들과 동문수학한 분이 아니십니까? 당연히 사숙이라고 불러 드려

야죠."

영도 선사는 가늘게 눈을 뜨며 회상하듯 중얼거렸다.

"하기야 정공(正孔), 정중(正仲) 자네들 사부인 혜당(慧堂)과는 꽤 친하게 지냈지. 아아, 지금도 기억이 생생하군. 그때만 하더라도 내 꽁무니를 졸졸 따라다니던 코흘리개였는데 말이지. 그런 동자승이 어느새 대소림사의 중진이 되었다니…… 세월 참."

그렇게 옛 기억을 더듬던 영도 선사는 곧 정신을 차리고 품에서 전표를 꺼내 수문승들에게 건넸다.

"산을 내려갈 일이 생기면 맛있는 거라도 사 먹게."

수문승들은 손사래를 쳤다.

"매번 이러시면 정말 곤란합니다."

"곤란은 무슨. 내가 너희에게 해줄 수 있는 게 이런 거 말고 또 있겠느냐? 그리고 중이라고 해서 매일 풀만 먹으면 안 되는 게야. 체력이 좋아야 수련도 제대로 할 수 있는 법, 가끔씩 의란채나 쇄리채, 수사화 같은 걸 먹어줘야 하지."

영도 선사가 말한 의란채(倚欄菜), 쇄리채(鎖籬菜), 수사화(水梭花)는 소고기, 닭고기, 물고기를 달리 표현하는 단어들로 술을 가리켜 곡차(穀茶)라고 말하는 것과 같은 이치였다.

수문승들의 얼굴이 살짝 벌겋게 변했다. 영도 선사가 눈을 가늘게 뜨며 다 안다는 듯이 말했다.

"왜? 요즘은 교두승(敎頭僧)들 몰래 숨어서 고기를 구워 먹는 일이 없나 보지?"

"그, 그런 말씀 하지 마십시오."

"누, 누가 고기를 구워먹는다고 그러십니까?"

영도 선사는 젊은 수문승이 쩔쩔 매는 모습을 보고는 유쾌하다는 듯이 웃으며 고개를 끄덕였다.

"알겠네. 어쨌든 그 돈은 나중에 사형제들과 함께 맛있는 거라도 사 먹게나."

그렇게 말한 영도 선사는 수문승들이 대답할 틈도 주지 않은 채 어깨춤을 추듯 활개를 치며 문 안으로 들어갔다.

뒤늦게 수문승들은 영도 선사의 뒷모습을 향해 허리를 굽혔다가 폈다. 그리고는 사방을 두리번거리며 전표의 액수를 확인하고는 입을 쩍 벌렸다.

"은자 백 냥짜리네."

"정명(正明)이 그러던데 작년에 오셨을 때도 백 냥을 주셨다고 했거든. 정말 영도 사숙은 손이 크시다니까."

수문승들은 행여 남들이 볼세라 재빠르게 소맷자락으로 전표를 집어넣고는 목소리를 낮춰 수군덕거렸다.

"아, 왜 정식으로 소림에 입적(入籍)하지 않으셨는지 몰라. 정말 좋으신 분인데."

"혜자배(慧字輩)에서는 세 손가락 안에 들 정도로 자질이 좋으셔서 많은 장로 분의 귀여움을 받으셨는데 결국 본인이 싫다고 했다지 아마."

절에 들어갔다고 해서 곧바로 중이 되는 건 아니었다. 다른 것들도 마찬가지이지만 중이 되기 위해서는 몇 가지 절차와 시간이 필요했다.

우선 절에 들어가면 행자승(行者僧)으로 몇 달, 몇 년을 지내야 했다. 그러고 나서 십계(十戒) 혹은 십불계(十不戒)를 받으면 사미승(沙彌僧)이 되고, 게서 몇 년의 수행을 거쳐야만 비로소 정식 스님이 될 수 있는 구족계(具足戒)를 받게 된다.

원래 영도 선사는 세 살 때 소림사에 들어와 열다섯 살이 되던 해까지 십이 년 동안 소림사의 가르침을 받은 적이 있었다. 당금 소림사의 당주급 중진이 된 혜자급 승려들이 바로 그의 사형제였다.

어린 시절의 영도 선사는 꽤 자질이 뛰어나서 차후 소림사를 이끌어 나갈 기재로 인정받기도 했다. 하지만 구족계를 받을 때가 되자 영도 선사는 장로들의 설득과 만류에도 소림사를 떠났다.

그 후 영도 선사는 이십 년 넘게 자취를 감췄다가 십여 년 전 갑자기 낙양 북쪽의 영도산에 나타났다.

그는 어디서 돈을 모았는지는 모르겠지만 영도사를 직접
세워 그곳의 주지가 되었고 이후 일 년에 두어 번씩 소림사
를 찾아와 자신을 가르쳤던 노승들에게 인사를 하고 또 많
은 돈을 시주했다.

그를 기억하는 노승들은 물론 그를 잘 모르는 젊은 중들
까지 영도 선사를 반겼다. 그가 올 때마다 매번 거액의 돈
을 시주했으며 또 조금 전처럼 두둑한 용돈을 쥐어주는데
어느 누가 그를 싫어할 수 있겠는가.

그러니 그가 어디서 수행을 하고 어떻게 법적을 얻었는
지는 신경 쓸 계제가 아니었다. 또한 영도사 인근에서 가끔
씩 실종 사건이나 추락사고가 일어나는 것도 소림사의 승
려들이 알 바 아닌 일에 불과했다.

그렇게 영도 선사는 오늘도 소림사의 환영을 받으며 경
내로 들어서고 있었다.

*   *   *

이런.

담우천은 입술을 깨물었다.

'은월천계라는 곳이 소림과도 관련이 있는 건가?'

소림의 산문이 내려다보이는 소실봉 중턱, 높이가 십여

장이나 되는 거대한 나무 꼭대기에 우뚝 선 채 산문을 주시하던 담우천의 표정이 심각하게 변했다.

야시의 뒤에 배후세력이 있다는 건 과거 담우천이 비선에 있을 때 알게 되었다.

하지만 그 세력의 명칭이 은월천계라는 건, 또 수백 년 이상의 역사를 지닌 채 대륙의 밤을 지배해 왔다는 건 참마봉방의 초유동을 통해서 처음 접하게 되었다. 끝이 보이지 않을 정도로 깊고 넓은 그 거대함은 당대 최강의 조직이라 할 수 있는 태극천맹까지 왜소하게 만들 지경이었다.

마음만 먹으면 천하를 뒤엎을 힘과 세력을 지닌 조직이 어둠 속에 웅크리고 있는 것이다. 그러한 사실을 알고 있는 이들이라면 그들의 정체와 목적이 궁금해질 법도 했다.

그러나 담우천은 달랐다.

'나와는 상관없는 일이다.'

그는 애써 은월천계라는 조직을 외면했다. 아무리 그라 하더라도 그러한 거대 조직과 싸울 수는 없는 노릇이었다.

'자하만 되찾을 뿐이다. 물론 그 앞을 가로막는 자가 있다면 결코 가만두지 않겠지만.'

일부러 찾아가 싸울 생각은 없었다. 하지만 굳이 싸움을 걸어온다면 피할 이유도 없었다.

담우천은 그런 생각을 하면서 영도 선사의 뒤를 밟았다.

하지만 갈수록 놀라운 일이 벌어지고 있었다. 은월천계의 하부 조직원인 영도 선사가 알고 보니 소림사와도 관련이 있는 것이다.

도대체 어디까지 은월천계의 마수(魔手)가 뻗쳐 있는 걸까. 어쩌면 태극천맹에도 저들의 하수인이 숨어 있을 가능성이 있었다.

담우천은 산문을 지나 소림사로 들어가는 영도 선사를 지켜보면서 잠시 고민에 잠겼다.

'저자가 나올 때까지 기다릴까?'

아니면 놈과 소림사가 어떤 관계인지 확실히 캐볼까. 그것도 아니라면······.

3. 잠입(潛入)

소실봉을 오를 때와는 달리, 내려갈 때의 영도 선사는 꽤 즐거운 표정을 짓고 있었다. 뜻하지 않게 소림의 장문인을 만나 환담을 나눌 수 있었던 것이다.

소림사의 장문인은 아무나 쉽게 만날 수 있는 존재가 아니었다. 아무리 영도 선사가 매년 수백 금의 황금을 시주한다 하더라도 그가 만날 수 있는 사람은 한정되어 있었다.

소림사뿐만이 아니었다. 구파일방의 장문인들은 자신들

과 비슷한 위치와 권력과 인망을 지닌 사람들과만 교우를 나눴다. 태극천맹의 맹주, 오대가문이나 신주오대세가의 가주들이 아닌 이상에야 구파일방 장문인들의 신발조차 보기 힘든 게 현실이었다.

그런 소림사의 장문인이 영도 선사를 불러 차를 마시고 반 시진가량 환담을 나눴다는 건, 이제 영도 선사 또한 상당히 중요한 인물로 부상되었다는 걸 의미하는 증거였다. 근 십여 년 동안 수천 금의 거액을 퍼부은 것에 대한 결과가 슬슬 나타나고 있었다.

'그동안 내 편으로 끌어들인 자들이… 공자급(空字級) 장로에서 다섯 명, 혜자급에서 열두 명, 그리고 정자급에서 서른일곱이니……. 내년 즈음에는 내가 원하는 대로 소림을 좌지우지할 수 있겠구나.'

교자의 고급 보료에 비스듬히 누운 영도 선사는 장밋빛 미래를 꿈꾸며 미소를 지었다.

소림사를 움직일 수 있는 방법은 크게 두 가지가 있었다. 하나는 장문인을 내 편으로 만드는 방법인데 그건 현실적으로 일개 개인이 해내기에는 매우 어려운 일이었다.

현실적으로 가능한 두 번째 방법은 바로 중론(衆論)을 내 것으로 만드는 것이다. 아무리 소림사의 전권을 쥐고 있는 장문인이라 하더라도 중론을 외면할 수는 없었다.

대부분의 장로와 당주급 중견 승려가 어깃장을 놓으면 천하의 장문인이라 하더라도 그들의 눈치를 살필 수밖에 없는 것이다.

'천천히, 그리고 완벽하게 소림을 내 것으로 만들겠다.'

영도 선사는 지그시 눈을 감으며 중얼거렸다. 그것은 수십 년 동안 꿈꾸어왔던, 소림사에 대한 그만의 복수였다.

그가 그런 환상에 젖어 있는 동안에도 네 명의 교군꾼은 쉬지 않고 발을 놀렸다. 소실봉을 내려와 다시 낙양으로 향한 그들은 밤이 깊었음에도 불구하고 북쪽으로 이동, 예의 그 장원으로 되돌아갔다.

장원에 당도한 건 새벽 무렵의 일, 영도 선사는 곧장 삼층 전각으로 향했다.

무향천전(霧香天殿)이라는 네 글자가 새겨진 현판을 지나 대청에 들어서자 험상궂게 생긴 사내들이 그를 반겼다. 그들의 몸에서는 진한 여인의 향이 묻어나오고 있었다. 아마도 이 새벽까지 납치해 온 여인들을 조련하고 있던 모양이었다.

"수고들 한다."

영도 선사는 그들의 어깨를 두드려 주며 물었다.

"별일 없나?"

"네. 모든 게 예정대로 진행되고 있습니다."

"이틀 전의 그 계집은 진짜 물건이더군요. 명기(名器)의 자질을 완벽하게 갖춘 데다가 무엇보다 처녀입니다. 석 달 정도 제대로 교육받으면 최고가로 팔릴 것 같습니다."

사내들의 말에 영도 선사는 흡족한 표정을 지으며 고개를 끄덕였다.

그는 사내들과 몇 마디 대화를 나눈 후 곧장 자신의 거처로 향했다.

방문을 열려던 영도 선사가 손길이 잠시 멈춰졌다. 그는 묘한 눈길로 굳게 닫혀 있는 방문을 물끄러미 바라보았다. 하지만 곧 그는 방문을 열고 안으로 들어섰다.

화려하게 꾸며진 처소에는 아무도 없었다. 그는 피곤하다는 듯 기지개를 펴며 방 안을 둘러보다가 성큼성큼 침상으로 걸어가 걸터앉았다.

얼마 지나지 않아 아름다운 용모의 시녀 두 명이 수건과 대야를 들고 방으로 들어섰다. 그녀들은 영도 선사에게 공손하게 인사를 한 다음 재빨리 그의 옷을 벗기고 벌거벗은 몸을 닦아주기 시작했다.

그녀들이 따듯한 물에 적신 수건으로 그의 발가락 사이부터 귓속까지 깨끗하게 닦아주는 동안, 영도 선사는 눈을 지그시 감은 채 그녀들의 사근사근한 손놀림을 감상했다.

시녀들은 그의 옷까지 새로 갈아입힌 후 물러났다.

영도 선사는 불을 끈 후 침상에 대자로 누웠다. 갑자기 피곤함이 물밀 듯이 밀려온 듯 그는 크게 하품을 하며 잠을 청했다.

방 안은 어두웠다. 그나마 창틈으로 희미하게 들어오는 달빛이 방 안의 사물을 겨우 분간할 수 있게끔 만들고 있었다.

시간은 천천히 흘러 영도 선사가 누운 지 한 시진가량 지날 무렵이었다.

낮게 드르렁거리는 그의 코골음 소리만이 조용한 처소에 울려 퍼지고 있었다.

침상 밑에서 누군가가 기어 나온 것은 그 즈음의 일이었다.

사내는 아무 기척 없이 침상을 빠져나와 영도 선사의 앞에 우뚝 섰다.

영도 선사는 누가 자신을 내려다보는 줄도 모른 채 입맛을 다시며 한참 잠에 취해 있었다.

'그래, 이곳으로 올 줄 알았지.'

사내, 담우천은 영도 선사를 내려다보며 고개를 끄덕였다. 그의 예측이 맞은 것이다.

영도 선사가 소림사를 벗어나면 돌아갈 곳은 두 군데, 이곳과 영도사 중의 한 곳이었다.

그리고 담우천은 영도 선사가 그중 이곳으로 돌아올 거라고 확신했다.

아무리 비단 보료가 깔려 있다고는 하지만 교자에 누운 채 이틀 동안 움직인다는 것은 곤욕스러운 일이었다.

그러니 이곳에 들러 하룻밤 묵은 후 다음 날 다시 영도사로 향할 거라는 게 담우천의 예상이었고, 그래서 그는 미리 이곳에 잠입하여 기다리고 있었던 것이다.

그리고 영도 선사는 확실히 담우천의 추측대로 먼저 이곳에 들렀다.

'아무래도 소란스러운 건 질색이니까.'

담우천은 영도 선사를 향해 손을 뻗었다. 은매당의 당주를 심문했던 것처럼 먼저 손을 뻗어 그의 마혈을 제압하려는 것이었다. 바로 그때였다.

"흥!"

코웃음 소리와 함께 영도 선사가 기다리고 있었다는 듯이 손을 뻗어 담우천의 손목을 낚아챘다.

동시, 낚아챈 손목을 반대쪽으로 비틀어 꺾으며 혈을 제압했다.

그의 움직임은 뱀처럼 영활하고 족제비처럼 빨랐다. 언뜻 보면 소림사의 금나술(擒拿術) 같기도 하였지만 또 한편으로는 전혀 다른 기술 같기도 했다.

어쨌거나 살짝 방심하고 있던 담우천으로서는 미처 방비할 수 없을 정도로 빠르고 정교한 기습이었다.

담우천은 저항할 새도 없이 팔이 뒤로 꺾인 채 침상에 꼬꾸라졌다.

"하하하, 네놈이었구나! 며칠 동안 나를 은밀하게 감시하고 있던 녀석이."

단 일격에 제압을 성공한 영도 선사는 껄껄 웃으며 담우천의 명문혈에 손을 얹었다.

"애당초 네놈이 이곳에 숨어 있다는 것을 알고 있었지. 방문에 표시해 둔 실이 보이지 않았거든."

영도 선사는 누군가의 침입을 미리 알아차리기 위해서 언제나 방문에 투명한 실을 걸어두었다.

그가 자리를 비운 동안에는 누구도 그의 방에 들어올 수 없었다.

즉, 문틈 사이에 끼어둔 실이 보이지 않는다면 누군가 사람들 몰래 영도 선사의 거처로 잠입했다는 의미였다. 그래서 영도 선사는 잠시 손길을 멈추고 방 안의 기척을 찾으려 했던 것이다.

하지만 역시 놈의 기척은 느껴지지 않았다. 그가 방 안에 들어섰을 때도 마찬가지였다. 분명 누군가 잠입한 것은 확실했지만 어디에서고 그의 기척을 찾아낼 수가 없었던 것이다.

영도 선사는 수하들을 부를까 고민하다가 직접 미끼가 되어 잠입자를 낚겠다고 마음을 굳혔다.

그리고는 아무것도 모른다는 듯이 시녀들의 수발을 받고 느긋하게 잠자리에 들었다. 물론 가볍게 코를 곤 것 또한 연기에 지나지 않았다.

그 결과, 영도 선사는 지금 이렇게 잠입한 자의 명문혈에 손을 얹을 수 있었던 것이다.

영도 선사는 승리감에 도취된 채 담우천의 뒷머리를 거칠게 잡아끌어 얼굴을 확인했다.

잘 생겼다고는 할 수 없는, 평범한 삼십대 사내의 얼굴. 잠시 담우천의 얼굴을 들여다보던 영도 선사가 고개를 갸웃거리며 물었다.

"누구냐, 너는?"

"담우천."

담우천은 이를 갈며 말했다.

"네가 납치한 여인의 남편이다. 내 아내를 돌려다오."

"호오, 그랬구나."

영도 선사는 납득이 간다는 듯한 얼굴로 고개를 끄덕이며 말을 이었다.

"미안하군그래. 하지만 어떡하나? 워낙 많은 계집을 납치한 까닭에 누가 자네의 계집인지 알 수가 없는데."

"유주 너머에서 은매당 놈들에게 납치당했다."

"은매당?"

일순 영도 선사의 눈빛이 반짝였다.

그는 다시 한 번 거칠게 담우천의 뒷머리를 잡아당기며 얼굴을 바라보았다. 담우천은 이를 악문 채 영도 선사를 노려보았다.

"그렇군. 몇 달 전 은매당주가 암살당한 게 바로 네놈의 짓이었군그래."

담우천은 부인하지 않았다. 영도 선사는 입가에 희미한 미소를 머금으며 말했다.

"집요한 놈이었네. 은매당주를 죽인 것도 모자라 예까지 추적을 해오다니 말이지. 도대체 어찌 알았을까, 이곳은?"

담우천은 대답하지 않았다. 영도 선사는 담우천의 머리를 힘껏 잡아당겼다.

목이 부러지는 고통 속에서 담우천의 얼굴이 일그러졌다.

"대답하지 않아도 상관없다."

영도 선사는 히쭉거리며 말했다.

"그냥 목을 부러뜨린 후 돼지 먹이로 주면 되니까."

담우천은 억지로 입을 열었다.

"여남의 고돈웅을 통해서 알아냈다."

"고돈웅?"

영도 선사는 기억을 더듬기라도 하는 양 잠시 고개를 갸웃거리다가 아, 하는 표정을 지으며 입을 열었다.

"여남 야시의 그 말 잘하는 뚱보 말이냐? 그놈, 말만 잘하는 줄 알았더니 입도 싸구나."

영도 선사를 혀를 차며 말하다가 다시 의아한 듯 고개를 갸웃거리며 물었다.

"그 뚱보는 또 어찌 찾아냈더냐?"

담우천이 대답하지 않자 이번에도 그의 뒷머리를 힘껏 잡아당겼다. 머리카락이 한 줌이나 뜯겨 나갔다. 담우천은 으르렁거리듯 말했다.

"간단한 일이었다. 은매당주에게 내 아내가 야시에 팔렸다는 이야기를 들은 후 여남 야시를 찾아가 고돈웅이라는 자를 발견했다. 그리고 몰래 그 뒤를 밟아 놈의 처소로 잠입하여 네놈에 대해서 알게 되었지."

"훗, 그래서 나도 그 뚱보처럼 간단하게 제압할 줄 알았나 보군그래."

영도 선사는 어이가 없다는 듯 웃었다. 그리고는 손을 들어 담우천의 정수리를 내려찍으려다가 문득 호기심이 일었는지 손을 내려놓으며 다시 물었다.

"그래. 그토록 애타게 찾는 네 아내는 도대체 어떤 계집이더냐?"

담우천이 빠르게 말했다.

"자하. 원래 청옥환을 끼고 있었는데 다른 여인, 소진이라는 처녀에게 건네주었다. 부탁이다. 그녀만 찾으면 야시는 물론 당신과의 만남도 전혀 없던 일로 하겠다. 그러니 자하를 돌려다오."

"이런이런. 곧 죽을 놈이 기개 하나는 역발산(力發山)이로구나."

어이가 없다는 듯이 중얼거리던 영도 선사의 표정이 살짝 변했다.

담우천이 설명했던 여인에 대한 기억이 뒤늦게 떠오른 것이다.

그는 새삼스럽다는 눈으로 담우천을 내려다보며 입을 열었다.

"호오, 그렇군. 그 계집의 남편이었네."

담우천이 고개를 번쩍 들며 말했다.

"기억나나, 내 아내가?"

"물론이지. 최상등품이었거든."

영도 선사는 야비하게 웃으며 말을 이었다.

"천하의 명기였지. 게다가 얼굴은 말할 것도 없이 유부녀였다고는 믿을 수 없을 정도로 몸매와 피부가 좋았지. 사실 유부녀들은 여기저기 살도 트고 군살도 많아서 그거 손보려면 꽤 많은 노력과 시간이 필요하거든. 한데 그 계집은 전혀 그럴 필요가 없었네."

담우천은 이를 앙다문 채 그의 이야기를 들었다.

"또한 순종적이라 교육 과정에서 한 점의 문제도 일으키지 않았지. 그런 계집만 있다면 얼마나 편하겠는가 하고 내 아이들이 즐거워했던 기억이 나는군."

영도 선사는 눈을 가늘게 뜬 채 기억을 더듬듯 말했다.

"그러니 비싸게 팔리는 게 당연하지. 그 계집, 상화택회(賞花擇會)에서 먼저 지명되는 바람에 야시에 나가지도 않았지. 누구였더라, 그녀를 지명했던 게?"

영도 선사에게 완벽하게 제압당한 상태에서도, 담우천의 목젖이 절로 꿈틀거렸다. 드디어 자하가 팔려 나간 곳을 알게 되는 순간이었다.

영도 선사는 이미 그가 자신의 손아래 완벽하게 제압당해 있다고 생각하고 있었다. 그런 까닭에 아무런 거리낌 없이 이야기를 하고 있었다.

"그렇군. 기억났다. 분명……."

그렇게 영도 선사가 자하를 선택한 자의 이름을 입에 올리려는 순간이었다.

　"말이 많군, 그대도."

　어딘가에서 무심하게 들려오는 목소리가 영도 선사의 말을 가로막는 것이었다.

第三章
협상(協商)

담우천의 표정이 살짝 밝아졌다.

더 이상 피를 흘릴 일이 없을 것 같았다. 또한 이제 자하를 찾는 건 시간문제라는 생각이 들었다. 그는 조금 달뜬 목소리로 말했다.

"그렇다면 내 부탁을 들어주게. 내 아내를 찾으면 두 번 다시 강호에 출입하지 않을 테니까."

1. 내 아내이니까

"누구냐?"

영도 선사가 주변을 둘러보며 거친 목소리를 토해냈다. 지금 자신의 밑에 깔려 있는 자 말고 또 다른 잠입자가 있을 줄은 꿈에도 몰랐던 그였다.

"지금 그자가 제압당한 상태라고 생각하느냐?"

목소리는 다시 들려왔다. 그 뒤를 이어 다른 음성이, 하지만 첫 번째 목소리와 크게 다르지 않은, 냉정하고 무심한 어조로 들려왔다.

"적이 방심하게끔 만든 함정에 고스란히 걸려서 함부로

입을 놀리다니…….”

　그리고 놀라운 일이 벌어졌다.

　침상 맞은편의 벽, 그 단단한 벽이 고무처럼 늘어나더니 이내 사람의 얼굴 모양으로 변했다. 눈과 코, 입술이 명확하게 드러나는 두 개의 형상이 벽을 뚫고 튀어나올 것처럼 밀려 나오고 있었다.

　그 기괴한 형상을 본 영도 선사는 저도 모르게 놀라 소리쳤다.

　“은월천사!”

　그렇게 영도 선사가 갑자기 튀어나온 얼굴 형상에 정신이 팔려 있을 때였다.

　그에게 제압당해 있던 담우천이 섬전처럼 몸을 뒤집었다. 일순 아차 하는 사이에 영도 선사가 담우천의 아래에 깔리고 말았다.

　영도 선사는 발작적으로 반항하려 했지만 이미 때는 늦었다. 담우천이 외려 그의 마혈을 짚고 발로 그의 목을 지그시 누르며 일어났다.

　영도 선사의 얼굴이 창백하게 변했다. 그는 믿을 수 없다는 눈빛으로 담우천을 쳐다보았다.

　“마혈을 점혈당하지 않았더냐?”

　“미리 대비하고 있다면 이혈(移穴) 정도는 간단한 수법에 속하지."

이혈대법(移穴大法)이란 말 그대로 혈도를 잠시 다른 자리로 옮기는 수법을 의미했다.

사실 이혈대법은 꽤 고차원적이고 힘든 수련 과정에 비하자면, 그리 뛰어난 효능을 지닌 무공이 아니다. 하지만 상대의 점혈을 방비하거나 혈도를 노려 펼치는 공격에는 매우 특화된 무공이기도 했다.

담우천은 맞은편 벽, 정확하게 표현하자면 얼굴 형상으로 튀어나온 벽을 주시하며 입을 열었다.

"아까서부터 종잡을 수 없는 기척이 둘이나 느껴지더군. 그래서 일부러 이자의 술수에 빠진 것처럼 함정을 파고 기다린 것인데 그것까지 눈치챌 줄이야."

담우천의 발에 목이 눌린 영도 선사의 안색이 하얗게 탈색되었다.

알고 보니 함정에 빠진 것은 담우천이 아니라 그였다. 이자 담우천은 생각보다 한 수, 아니, 두 수 위의 실력과 간계를 지닌 자였던 것이다.

담우천은 무심한 눈빛으로 벽면의 얼굴 형상을 바라보며 말을 이었다.

"은월천사라고 불린 것 같은데……. 그렇다면 은월천계 사람들인가 보군."

오른쪽의 얼굴 형상이 질책하듯 영도 선사에게로 시선을
돌렸다. 영도 선사의 안색이 새파랗게 질렸다. 그는 더듬거
리며 말했다.

"죄, 죄송합니다. 하지만 은월천계에 대한 이야기는 하지
않았습니다."

그렇게 말하던 영도 선사는 일순 의아한 생각을 가졌다.

'그러고 보니 이 자식, 은월천계에 대해서 어떻게 알았
지?'

은월천계에 대한 모든 것이 극비였고, 그들의 존재를 아
는 이들 또한 거의 없었다. 오직 이 세상을 움직여 나가는
최상위 인사 몇몇 사람만이 은원천계의 존재에 대해서 알
고 있을 뿐이었다.

그런데 이 시골 촌부처럼 생긴 자가 아무 거리낌 없이,
이미 알고 있었다는 듯이 은월천계에 대해 말하고 있는 것
이다.

'대체 이 자식, 뭐하는 놈이야?'

영도 선사가 그런 의구심을 떠올릴 때였다. 왼쪽의 얼굴
형상이 담우천을 향해 입을 열었다.

"여남 야시의 야경들이 크게 당했다고 하더니, 확실히 그
럴 능력이 있는 듯하군."

오른쪽의 얼굴 형상이 영도 선사에게서 담우천에게로 시

선을 옮기며 물었다.

"은월천계에 대해서는 어떻게 알고 있는 거지?"

담우천은 잠시 망설이다가 입을 열었다.

"그건 중요한 게 아니다."

"그럼 뭐가 중요하지?"

"중요한 건 이자가 내 아내를 납치하여 데리고 있었다는 것이다. 들었겠지만, 내 아내를 찾는다면 나는 곧장 중원을 떠나 유주 너머로 돌아갈 것이야. 즉, 더 이상 그대들과 아무런 관련이 없게 되는 거지. 은원천계에 대한 기억이나 다른 정보들 또한 아무 소용이 없게 될 터고."

나름대로 내놓은 타협안이었다.

더 이상 너희와 싸우지 않겠다. 너희에 대한 모든 기억도 지워 버리겠다. 그러니 내 아내만 찾게 해다오.

왼쪽의 얼굴이 입을 열었다.

"그렇게 시원시원하게 매듭짓기에는 우리 편의 손해가 너무 크지 않은가?"

사실이다. 일전의 전투로 인해 여남 야시가 거의 괴멸당하다시피 했으니, 다시 제대로 운영하기 위해서는 적지 않은 시간과 인원이 필요하다. 그 피해를 돈으로 치자면 최소한 수백만 냥 이상의 손해를 본 셈이다.

담우천은 당연하다는 듯이 말했다.

"내 아내가 그동안 겪은 육체적, 정신적 고생을 생각하면 충분할 것 같은데."

"한낱 계집 따위에 그만한 가치가 있다고 생각하나?"

"물론이다."

담우천이 얼굴 형상을 직시하며 대답했다.

"다른 누구도 아닌 내 아내이니까."

그 당당한 말투와 눈빛에 기가 질린 것인지, 아니면 너무 황당했기 때문인지 얼굴 형상들은 입을 열지 못했다. 반면 영도 선사는 악을 쓰며 외쳤다.

"웃기는 소리 하지 마! 그깟 계집… 컥!"

순간적으로 제 목을 짓누르는 담우천의 발길로 인해 영도 선사는 목이 부러지는 듯한 고통을 견디지 못하고 비명을 내질렀다.

담우천은 그의 목을 지그시 밟은 채 벽면을 주시하며 말했다.

"지난 수백 년간 은월천계가 중원대륙의 밤을 지배해 온 사실은 익히 잘 알고 있다. 그런 세력을 상대로 싸운다는 건 말 그대로 바위에 계란치기, 이란격석(以卵擊石)일 테지. 하지만 이건 확신할 수 있다."

그는 자신의 긍지와 자존감을 가득 담은 눈빛으로 얼굴 형상들을 바라보며 말을 이어 나갔다.

"만약 나와 싸울 생각이라면 결코 쉽게 죽어주지는 않을 것이다. 그대들의 전력을 다해야만, 그러고도 꽤 많은 피해를 입고 나서야만 나를 죽일 수 있을 것이다."

게서 그는 말을 멈추고 한 호흡을 쉬었다.

얼굴 형상들은 아무런 말이 없었다. 영도 선사 또한 입을 열지 못했다. 잠시 숨을 가다듬은 담우천은 천천히, 그리고 한 마디 한 마디 또박또박 끊어서 말했다.

"그러니 잘 생각하라. 나와 적대할 것인지, 아니면 내 아내를 찾게 해줄 것인지 말이다."

그렇게 말하는 담우천의 목소리는 당당했고 의연했다. 거침없이 내뱉는 어조에는 자신감이 가득 차 있었다.

얼굴 형상들은 말이 없었다. 표정을 확인할 수 없는 상태라 정확하게는 알 수 없었지만 지금 담우천의 말에 꽤나 놀라고 당황한 건 확실해 보였다.

누구 하나 입을 열지 않는 가운데 일각(一刻)이 여삼추(如三秋)와 같은 시간이 흐르고 있었다. 무거운 긴장감이 먼지처럼 내려앉았다.

그 태산처럼 엄중한 침묵을 깬 건 한 마디 신음이었다.

"흐음."

오른쪽 얼굴의 형상이 입을 열었다.

"실로 기가 질릴 정도의 기백이로군. 하기야 그런 기백이 있으니 감히 야시에 난입하여 그런 난리를 피웠겠지."

왼쪽 얼굴 형상이 말을 받았다.

"하지만 기백이 넘쳐흐른다고 해서 모든 게 일사천리로 해결된다면 강호의 은원 따위 생길 리가 없을 것이다. 죄를 지었으면 그에 마땅한 벌을 받는 게 합리적이지."

"그렇게 내가 말했음에도 불구하고 결국 싸우겠다는 건가, 나와?"

담우천은 얼굴 형상들에게서 시선을 떼지 않은 채 천천히 침상에서 내려왔다. 침상에 엎드려 있던 영도 선사가 눈빛을 반짝였다.

'기회다.'

그는 서둘러 내공을 끌어올리며 해혈(解穴)의 운기를 펼치기 시작했다.

점혈당한 혈도를 푸는 데에는 대략 세 가지 방법이 있다. 하나는 시간이 흘러 자연적으로 혈도가 풀리는 것이고 둘째는 점혈한 자나 해혈법(解穴法)에 대해서 잘 알고 있는 자가 손을 움직여 혈도를 풀어주는 게 있었다.

마지막으로는 내기(內氣)를 이용하여 스스로의 힘으로 막힌 혈도를 푸는 방법이 그것이었다.

내기를 이용하여 혈도를 푸는 데에는 상당한 내공이 필요하고 또 전문적인 공부가 있어야 하는데, 마침 영도 선사는 혈도에 대한 해박한 지식을 지니고 있었다.

그는 담우천의 내공을 이용하여 혈도를 풀고자 하는 시도를 하는 동안, 뒷모습을 노려보며 이를 갈았다.

'네놈을 죽이지 못한다면 내가 사람이 아니다!'

등 뒤에서 그런 악념(惡念)이 쏟아지는 가운데 담우천은 벽을 보고 우뚝 섰다.

"마지막으로 한 번 더 말하지."

담우천은 검집에 손을 가져가며 말했다.

"내 아내를 찾게 된다면 그대들과의 은원, 없던 걸로 하겠다. 약속하마."

하지만 대답은 없었다. 대신 은월천사들은 물속으로 얼굴을 담그듯 벽으로 쑤욱 밀려 들어갔다. 이내 그들의 모습이 자취를 감췄다.

바로 그 순간이었다, 기다렸다는 듯이 새하얀 섬광 하나가 벽면을 사선으로 길게 그어버린 것은.

2. 협상은 결렬이다

어두운 방 안.

창틈 사이로 스며든 희미한 달빛으로 겨우 사물을 분간할 수 있을 정도의 어두움. 그 속에서 한 가닥 빛이 일었다.

번쩍!

담우천의 등을 노려보던 영도 선사가 황급히 눈을 감을 정도로 강렬한 섬광이었다. 섬광은 벽을 사선으로 길게 그었고 돌보다 단단한 벽이 그 빛을 따라 콰콰콰! 하는 거친 파열음을 내면서 길게 파였다.

바로 그 일격이야말로 수라참쇄십이결 중의 또 다른 초식, 섬광폭렬파결(閃光爆裂破訣)!

천근 바위도 반으로 쪼개고 지면도 가른다는 절대적인 파검식(破劍式)이 바로 섬광폭렬파결이었다.

한 줄기 핏물이 굵게 파인 흔적을 따라 흘러내렸다. 비명도 신음도 없었지만 방금 그 일격으로 은월천사 두 명 중 하나가 부상을 입은 게 분명했다.

담우천은 여전히 그 자리에 우뚝 서서 벽면을 주시하고 있었다.

'놀라운 자들이군.'

그의 무심하고 한 점 흔들림 없는 시선 속에서 희미하게 일렁이는 감정의 파도.

확실히 놀라운 자들이었다. 반드시 둘 중 하나는 죽이겠다고 펼친 섬광폭렬파결이었는데도 불구하고 목표를 이루지 못했던 것이다.

게다가 이미 그들은 담우천의 이목을 속이고 기척을 숨

긴 채 사라진 상태였다.

그가 마음먹고 휘두른 일격이 실패로 돌아간 건, 강호에
다시 나온 이후로 두 번째 겪는 충격적인 일이었다.

'이래서 환술(幻術)은 귀찮다니까.'

담우천은 눈과 귀를 이용하여 은월천사의 종적을 찾으려
했지만 그들의 존재는 어디에서고 발견할 수가 없었다.

"그렇게 숨어만 있을 건가?"

담우천은 길게 호흡을 들이쉬며 검을 들었다. 그의 모든
내공이 검에 실리기 시작했다.

동시에 그의 검에서는 붉은빛이 흘러나왔다. 바람 한 점
있을 리 없는 방 안, 그럼에도 불구하고 그의 옷자락과 머
리카락이 세차게 펄럭였다.

그 모습은 마치 피에 흠뻑 젖은 검을 든, 지옥에서 방금
튀어나온 아수라와도 같아 보였다. 그랬다. 혈검을 든 수
라. 바로 그게 지금의 담우천이었다.

은월천사도 그걸 느꼈던 것일까.

"혈검수라(血劍修羅)……."

문득 어디에선가 희미한 목소리가 스며나왔다.

동시에 담우천의 검이 붉은 섬광을 흩날리며 바로 자신
의 오른쪽 바닥을 긁었다.

파파팟! 바닥이 파이고 돌이 튀며 피가 흩뿌려졌다. 바로

그 순간, 담우천이 서 있던 지면에서 불쑥 칼이 튀어나와 그의 회음혈(會陰穴)을 찔러들었다. 담우천이 황급히 뒤로 물러날 때였다.

"죽어라!"

침상 위에 개구리처럼 엎드려 있던 영도 선사가 벌떡 일어나더니, 담우천의 등을 향해 쌍장(雙掌)을 휘둘렀다. 강맹무비한 경력(勁力)이 밀물처럼 파고들었다.

그와 동시에 천장 한복판이 갑자기 주욱 늘어나면서, 이내 한 사람의 모습으로 변해 그대로 담우천의 머리 위로 떨어져 내렸다.

그의 손에 달린, 갈퀴처럼 생긴 호조수(虎爪手)가 정확하게 담우천의 정수리에 내려꽂히고 있었다.

더불어 담우천의 앞쪽 지면이 불룩하게 튀어나오더니 칼을 쥔 사람의 모습으로 변했다. 그리고는 담우천의 가슴을 노리고 크게 칼을 휘둘러 왔다.

다리와 옆구리에서는 핏물이 뚝뚝 흘러나오고 있었지만 담우천을 향해 필살의 공격을 퍼붓는 그의 얼굴에는 아무런 표정도 떠올라 있지 않았다.

순식간에 담우천은 급박한 위기에 처하고 말았다. 전면의 칼, 머리 위의 호조수, 그리고 등 뒤에서 파죽지세로 밀려드는 장력(掌力).

그야말로 절묘한 협공!

좌우 전후, 그 어디에도 담우천이 피할 공간은 없었다. 바로 그 순간이었다.

눈 깜짝할 사이에 담우천의 몸이 그 자리에서 사라졌다. 시야의 사각과 공간의 틈을 이용하여 몸을 숨기는 둔형장신보가 펼쳐진 것이다.

"헉!"

영도 선사가 다급하게 숨을 들이마셨다. 바로 자신의 코앞에 있던 담우천이 사라지면서, 그의 경력은 천장에서 지면으로 내려꽂히는 은월천사에게로 날아가고 있었던 것이다.

그는 황급히 양손을 왼쪽으로 돌리며 장력의 방향을 바꿨다.

그의 양손에서 뻗어 나간 장력이 아슬아슬하게 은월천사의 곁을 스치며 휘어졌다. 쾅! 격렬한 소리와 함께 창문이 박살 났다.

영도 선사의 얼굴이 새파랗게 변했다. 한번 날린 장력의 방향을 바꾸는 건 엄청나게 많은 내력을 소모하게 만드는 일이었다.

또한 근골과 기맥에 상당한 무리를 주기 때문에 초절정의 고수가 아니라면 기혈이 뒤집혀 피를 토하는 위험을 초

래하기도 했다.

　최소한 운기조식을 해서 엉킨 기혈을 가라앉혀야 하지만, 영도 선사는 한숨을 돌릴 새가 없었다. 등 뒤에서 서늘한 살기가 느껴졌던 것이다.

　뒤로 돌아 막을 여유가 없었다. 살기가 느껴지자마자 그는 나려타곤(懶驢打滾)의 수법을 발휘, 앞으로 몸을 굴려 피했다.

　바닥에 납작 엎드려 몸을 피하는 그의 머리 위로 한 가닥 살기가 스치듯 지나갔다.

　"음."

　호조수를 착용하고 있던 은월천사의 입에서 나지막한 신음이 흘러나왔다.

　영도 선사의 등 뒤에서 날아든 살기가 정확하게 그의 목젖을 찔렀던 것이다.

　피할 수 있었는데.

　은월천사의 눈이 그렇게 말하고 있었다.

　아쉬웠다.

　섬전처럼 빠른, 눈에 보이지도 않을 정도로 쾌속한 일격이었지만 그래도 멍청하고 어리석은 영도 선사만 없었더라면 피할 수 있었을 것이다.

　영도 선사가 몸을 숙이고 바닥을 뒹구는 순간, 그 뒤에서

적의 일검이 기다렸다는 듯이 은월천사를 찔러 왔다.

그건 마치 영도 선사와 적이 협공술을 펼친 것 같은 광경이었다.

그래서였을 게다, 칼을 쥔 은월천사가 격렬하게 소리친 것은.

"바보 같은 놈, 적에게 이용을 당하다니!"

바닥을 뒹굴어 순식간에 방문 앞까지 도망친 영도 선사는 그게 무슨 뜻인지 몰라 어리둥절한 표정이었다. 하지만 곧 그의 얼굴이 새파랗게 질렸다.

'설마… 일부러 내게 살기를 보낸 거란 말인가?'

등 뒤에서 갑작스레 살기가 느껴지면 누구나 본능적으로 피하게 마련인 법이다.

바로 그렇게 몸을 피하는 순간을 노려서 일격을 펼친다면 정면에 서 있던 자는 그야말로 느닷없는 기습을 당하게 되는 것이다.

지금 목에 구멍이 뚫린 채 우뚝 서 있는 은월천사의 경우가 바로 그러한 경우라 할 수 있었다.

담우천의 모습이 어둠 속에서 희미하게 드러났다. 그의 검은 여전히 붉게 타오르고 있었다.

칼을 쥔 은월천사가 잠시 그 모습을 지켜보다가 문득 지면 아래로 녹듯이 흘러 들어갔다.

담우천은 공격 대신 차분한 눈길로 그 광경을 지켜보았다. 어디에 숨든, 어디로 도망가든 반드시 잡을 수 있다는 확신이 가득한 눈빛이었다.

방 안에서 자취를 감춘 은월천사의 목소리가 사방에서 들려왔다.

"설마… 방금 전 초식은 무극섬사였나?"

담우천은 무심한 어조로 대답했다.

"알아보는군."

"그렇군. 혈검수라가 맞았어."

은월천사는 잠시 말을 하지 않았다. 어딘가에 숨은 채 곰곰이 생각하고 있는 모양이었다. 담우천은 천천히 앞으로 걸어가며 입을 열었다.

"아직도 내 이목을 속이고 숨을 수 있다고 생각하지는 말라. 그때는 두 명이 계속해서 자리를 바꿔 이동하는 까닭에 정확하게 위치를 알 수 없었지만 지금이라면 다르다."

그는 목에서 철철 피를 흘리며 우뚝 서 있는 은월천사를 밀었다.

은월천사는 쿵! 소리와 함께 고목나무처럼 바닥에 쓰러졌다.

"하나라면… 혼자 남았다면 그 누구라 하더라도 내 눈을 피할 수 없다."

담우천은 오른쪽으로 고개를 돌렸다. 영도 선사의 일격으로 박살 난 창문 근처에서 무언가 움찔하는 기색이 느껴졌다.

그곳을 바라보며 담우천이 천천히 검을 들 때였다.

"본 계에서는 적을 처리하는 세 가지 방식이 있지."

은월천사가 황급히 입을 열었다.

"실력이 낮으면 죽이고, 실력이 뛰어나면 우리 편으로 끌어들여라."

문득 담우천의 입가에 미소가 스며드는 듯 보였다.

"내 실력을 얕잡아본 게로군."

"그럴지도. 하지만……."

은월천사의 목소리가 들려왔다. 담우천의 시선이 벽을 따라 이동했다. 은월천사가 포기했다는 듯이 벽 속에서 얼굴을 드러냈다.

"궁금하기도 했지. 과연 야흔을 이 초 만에 죽였다는 실력이 과연 어느 정도인지 해서 말이야."

"야흔? 아, 그 친구?"

담우천은 고개를 갸웃거리다가 말했다. 여남 야시에서 싸웠던 야경들의 우두머리가 떠올랐다. 담우천의 무극섬사를 피해낸 자.

"사실 미후신의 보고를 듣고서 절반 정도는 믿지 못했

거든. 야혼을 이 초 만에 죽일 정도의 실력자가 초야(草野)에 있다는 건 말이 안 되니까. 하지만 그 초야의 인물이 알고 보니 혈검수라였다면… 야혼의 죽음도 납득이 될 수밖에."

"어쨌든 그건 그렇고. 은월천계에 적을 상대하는 세 가지 방식이 있다고 했는데 두 가지만 들었다."

실력이 낮은 적은 죽이고 실력이 뛰어난 자는 포섭한다. 그렇다면 남은 한 가지는?

은월천사는 대답 대신 질문을 던졌다.

"우리 편으로 올 생각은?"

담우천은 고개를 저었다.

"물론 없다."

은월천사가 다시 말했다.

"포섭이 실패한다면 손익(損益)을 따져 보고 협상을 하는 거지."

"협상이라."

"그래. 그대를 죽이는 데 드는 손해비용과 우리에게 생기는 이득을 따져 보는 거다. 만약 손해가 심할 것 같다면 그대와 협상을 하고 이득이 높을 것 같으면 무슨 수를 써서라도 죽이겠지."

"그래서?"

담우천은 검을 내리며 물었다.

"나에 대한 손익 계산이 어찌 되나?"

"확실히 손해가 클 것 같군."

담우천의 시선이 왼쪽으로 움직였다. 은월천사가 난감하다는 목소리로 말을 이었다.

"무리를 해서 혈검수라를 죽이는 것보다 그대 말처럼 그대가 원하는 바를 들어주고 은원 관계를 끝내는 게 훨씬 이득이 클 것이야."

담우천의 표정이 살짝 밝아졌다.

더 이상 피를 흘릴 일이 없을 것 같았다.

그리고 이제 자하를 찾는 건 시간문제라는 생각이 들었다.

그는 조금 달뜬 목소리로 말했다.

"그렇다면 내 부탁을 들어주게. 내 아내를 찾으면 두 번다시 강호에 출입하지 않을 테니까."

"평소라면 그 제안을 받아들였을 것이야."

담우천의 표정이 급격하게 가라앉았다. 그는 서늘한 눈빛으로 벽을 주시했다.

은월천사의 얼굴이 다시 사라지고 있었다. 그의 목소리가 허공에서 울려 퍼졌다.

"하지만 지금은 다르지."

담우천이 침착하게 물었다.

"뭐가 다르지?"

"그대가 절실하게 원하는 게 우리에게 있다는 점."

담우천의 시선이 다시 창문 쪽으로 향했다.

"그리고 그게 있으니 우리가 좀 더 유리한 쪽으로 협상할 수 있다는 점이지."

"죽는다."

담우천은 무뚝뚝하게 말했다.

"만약 내 아내를 가지고 장난치려 한다면……. 약속하지, 내 모든 걸 걸고 네놈들이 멸절당할 때까지 죽이고 또 죽이겠다고."

"그렇게까지 정색할 필요는 없네."

협상에서 유리한 고지를 선점한 자의 여유일까. 은월천사의 목소리에서 웃음기마저 묻어 나왔다.

"협상은 원래 밀고 당기는 맛이 있는 법이지. 사실 그대의 아내를 돌려주는 건 어렵지 않은 일이네. 그 대가로 자네가 내민 패는 두 번 다시 강호에 출입하지 않겠다는 건데……. 그것만으로는 우리가 지금껏 입은 손해를 만회하기 힘들지 않겠는가?"

담우천은 매서운 눈빛으로 창틀 쪽을 바라보며 물었다.

"원하는 게 따로 있다는 건가?"

"물론이지. 우리 입장에서는 아무래도 최소한으로 손해를 만회해야 하니까. 이왕이면 그대의 능력을 통해서 우리가 이득을 볼 수 있는 방법으로 협상을 끝내는 게 좋을 것 같다는 생각이 드는군."

은월천계의 입장에서 보자면 확실히 맞는 말이다. 그의 아내를 돌려주는 조건으로 혈검수라 담우천을 이용할 수 있다면, 그보다 더 좋은 해결 방안이 없을 테니까.

"말해보라."

"흠, 잠시 시간을 주게."

"시간?"

담우천의 눈썹이 꿈틀거렸다.

"그대가 혈검수라이니만큼 그대를 활용할 수 있는 방법이 상당히 많을 것이야. 아무래도 상부에 보고를 한 후 결정을 받아야 할 것 같아서."

"내게는 그렇게 시간이 많지 않은데."

"하지만 그대는 기다릴 수밖에 없을 걸. 그대가 원하는 건 우리에게 있으니까."

의기양양한 은월천사의 말이 떨어지기가 무섭게 담우천이 벼락처럼 움직였다.

일순, 은월천사는 미리 대비하고 있었다는 듯이 창밖으로 훌쩍 몸을 날려 피했다. 하지만 담우천이 노린 건 그가 아니었다.

담우천은 섬전처럼 움직이며 방문 앞에 서 있던 영도 선사를 향해 손을 뻗었다. 영도 선사만 잡는다면, 그의 입을 통해서 아내 자하를 지명한 자의 이름을 듣게 된다면 굳이 은월천사와 협상을 계속할 필요가 없다는 게 그의 생각인 것이다.

그렇게 담우천이 영도 선사의 목덜미를 낚아채려는 순간이었다.

"어딜!"

창밖으로 몸을 날렸던 은월천사가 소리치며 손을 뻗었다. 일순 언제 집어 들었는지 그의 손에서 굵은 강침들이 쏟아져 나갔다.

파파팟!

날카로운 파공성과 함께 화살보다 빠른 속도로 쏟아진 다섯 개의 강침은 그대로 영도 선사의 가슴을 향해 날아들었다.

그야말로 살인멸구(殺人滅口)의 악독한 일격!

영도 선사를 죽여 입을 막는다면 저 담우천이라는 자는 꼼짝없이 은월천계의 명령을 받을 수밖에 없을 거라는, 은월천사의 순간적인 계략이었던 것이다.

하지만 영도 선사도 눈치가 만만치 않았다.

'내가 그 자하라는 계집이 어디 있는지 알고 있으니 어쩌면 저 개자식은 나를 잡아 고문하려 들지도 모르겠군.'

그는 담우천과 은월천사의 대화를 들으면서 문득 그런 생각을 했다.

그리고 계속해서 이어지는 또 다른 생각에 그의 표정이 삽시간에 굳어졌다.

'그렇다면 저 개자식에게 잡히는 걸 미연에 방지하기 위해서 은월천사 역시 나를 죽일 수가 있다는 의미가 아닌가?'

영도 선사는 자신의 존재가 의외로 양측 모두에 중요하다는 걸 인지했다.

또한 자신도 모르는 사이에 죽을 수 있다는 사실도 알게 되었다.

그러한 까닭에 영도 선사는 담우천과 은월천사의 움직임에 대해서 미리 방비를 하고 있었던 것이다. 담우천이 움직이는 기미를 보이는 순간 그가 곧바로 문을 열고 밖으로 뛰어나간 건, 바로 그러한 이유에서였다.

담우천의 손길이 영도 선사의 뒷덜미를 아슬아슬하게 스치고 지나갔다.

동시에 콰콰콰콰! 은월천사가 쏘아낸 다섯 개의 강침이 열린 문을 관통하며 박살 냈다.

반면 영도 선사는 우당탕탕 소리와 함께 복도를 따라 마구 달리며 소리쳤다.

"막아라! 저자를 죽여라!"

누구에게라고 할 것 없이 내지르는 고함이었다. 그의 등과 이마에 식은땀이 흘러내렸다.

예상대로였던 것이다.

'빌어먹을, 혹시나 했는데 은월천사마저 나를 죽이려 들 줄이야……!'

그는 사색이 된 채 도망쳤다.

담우천은 입술을 깨문 채 그의 뒤를 따라 달려갔다.

하지만 다음 순간, 그의 등 뒤를 노리고 파고드는 살기가 있었다.

자신을 공격하는 줄 알고 도망쳤던 은월천사가 뒤늦게 공격을 퍼붓는 것이다.

매섭고 날카로운 그 일격은 담우천이라고 하더라도 함부로 대할 만한 성질의 것이 아니었다.

'빌어먹을!'

결국 담우천은 영도 선사를 포기하고 몸을 돌려 공격을 막았다.

은월천사는 담우천의 무극섬사가 두려운 듯 그가 몸을 돌리자 황급히 칼을 회수하며 뒤로 물러났다.

은월천사는 더 이상 싸울 생각이 없는 듯 적절한 거리를 두고 담우천과 마주 섰다.

영도 선사의 고함을 들었는지 장원의 사내들이 복도를 따라 방으로 밀려들었다.

그들을 본 은월천사는 창문 쪽으로 물러나며 담우천을 향해 입을 열었다.

"협상은 계속될 것이야. 기다리고 있게."

그 목소리를 끝으로 은월천사의 몸이 바닥으로 녹아내리기 시작했다.

일순 담우천의 손이 냉정하게 허공을 갈랐다.

그의 무극섬사가 정확하게 은월천사의 목젖에 꽂히는가 싶었지만, 이미 은월천사는 완전히 녹아 내려가 자취를 감춘 뒤였다.

"누구냐, 너는?"

뒤늦게 방으로 뛰어 들어온 사내들이 거친 어조로 물으며 덤벼들었다.

하지만 담우천은 그들을 상대하는 대신, 곧장 박살 난 창밖으로 몸을 날렸다.

놈들과 싸우는 것보다는 최대한 빨리 영도 선사를 찾아야 했다.

은월천사가 영도 선사를 먼저 찾아 입을 막기 전에.

한 번의 도약으로 창을 넘어 단번에 전각 앞마당까지 날아서 착지한 담우천은 앞으로 달려가다가 문득 왼쪽 석주등(石柱燈)을 힐끗 보며 입을 열었다.

"협상은 결렬이다."

석주등이 움찔하는 것처럼 느껴졌다.

3. 살아 있었구나, 우천!

영도 선사의 종적은 어디에서도 찾을 수가 없었다. 담우천이 은월천사에게 막혀서 잠시 주춤거리는 동안 그는 전력을 다해 장원을 빠져나갔던 것이다.

'놈도 머리가 있다면 은월천사에게 잡혀도 죽는다는 걸 알겠지.'

담우천은 장원에서 가장 높은 전각의 지붕 끝머리에 걸터앉아서 주위를 둘러보며 생각했다.

'영도 선사라는 자가 은월천계에서 얼마나 대단한 신분인지는 모르겠지만 은월천사를 대하는 자세를 보면 그리 높은 직위는 아닐 것이다.'

그렇다면 괜히 영도 선사를 살려둔 채로 입 막기에 급급하기보다는 그냥 죽이는 게 낫다고 생각할 게다.

영도 선사가 하는 일은 다른 이들도 충분히 맡을 수 있을 테고.

'그러니 놈은 장원에 머물지도, 영도사로 되돌아가지도 않을 것이다. 놈은 나와 은월천사의 손을 피해서 도망칠 테고, 결국 그가 갈만한 곳은……'

담우천이 자리에서 일어났다. 영도 선사가 어디로 도망치는지 알 것 같았다.

소림사.

'그곳이라면 나와 은월천사 모두를 피해 숨을 수 있을 것이라고 생각할 것이다.'

담우천은 곧장 몸을 날리려다가 무슨 생각이 들었는지 문득 인상을 찡그리며 머뭇거렸다.

소림사라…….

한숨이 절로 흘러나왔다.

*   *   *

담우천이 소림사 경문이 내려다보이는 산등성이에 당도했을 때는 이미 깊은 밤이었다.

문은 닫혀 있었고 향화객들의 모습은 보이지 않았다. 곳곳에 밝혀둔 화톳불과 횃불들만이 소실봉의 밤바람에 흔들거리고 있었다.

한적하고 평화로워 보이는 소림사의 전경이었다.

'소림사에 들어가게 되면 결국 내 신분이 밝혀질 수밖에 없다.'

담우천이 그동안 계속해서 난감해하던 게 바로 그것이었다.

소림과는 싸울 수가 없었다. 과거 그의 목숨을 구해준 은혜가 있었고 또한 스승과도 같은 이가 있는 곳이 바로 소림사였기 때문이었다.

그러니 소림사 승려들과 만나게 되면 결국 제 신분을 밝혀야 되는데, 그렇게 된다면 문제가 커질 수가 있었다.

그는 이미 죽은 목숨이라고 세상에 알려져 있었다. 담우천이 살아 있다는 사실을 알게 된다면 태극천맹의 중추라 할 수 있는 몇몇 이는 반드시 그를 죽이려 들 것이다.

가뜩이나 야시와 은월천계를 상대하는 것만으로도 벅찬 지금의 입장에서 태극천맹까지 끼어든다면…….

'그나마 지금까지 내 신분을 알게 된 이들은 모두 태극천맹과 관련이 없는 자들이었다.'

하지만 소림사 쪽에서 알게 된다면 그것은 곧 태극천맹의 추격을 받게 된다는 의미와 다름없었다. 그게 담우천을 난감케 만들고 있었다.

'어쩔 도리가 없군.'

뒷일은 하늘에 맡기는 수밖에.

고민하던 담우천은 천천히 소림사로 접근했다.

한밤중인 까닭에 산문 앞을 지키는 수문승의 모습도 보이지 않았다.

일반 무가(武家)의 경우를 생각하면 의아할 법도 한 일이지만 소림은 언제나 그러했다. 하기야 감히 누가 천하의 소림사를 야습할 것인가.

굳게 닫힌 문을 잠시 바라보던 담우천은 가볍게 몸을 날려 담을 넘었다.

소림사의 경내는 고즈넉했다.

무림의 태산북두라고 알려진 곳이었다.

그가 몰래 잠입한다고 해서 성공할 확률도 높지 않았으며, 애당초 소림사에 몰래 잠입할 생각은 처음부터 없었다.

담우천은 마치 산책이라도 하는 사람처럼 태연하게 경내를 따라 걸었다.

그렇게 스무 걸음 정도 걸었을 때였다. 어둠 속에서 갑자기 수십 명의 무승이 기다렸다는 것처럼 튀어나와 그를 에워쌌다.

담우천은 미리 알고 있었다는 듯이 태연한 얼굴로 그들을 돌아보았다.

무승들은 두 손으로 기다란 곤봉을 쥔 채 천하에 다시없는 원수를 보는 양 담우천을 노려보고 있었다.

그 중 한 명이 앞으로 걸어 나오며 입을 열었다.

"네놈이 영도 사형께서 말씀하신 그 악독한 흉적이로구나! 여염집 여인을 납치하여 인신매매를 하다니, 그러고도 하늘에 부끄럽지 않더냐!"

중년 무승의 준엄한 꾸지람에 담우천은 저도 모르게 웃음을 터뜨릴 뻔했다.

이 영도라는 땡중이 의외로 사람 웃기는 재주가 있었다. 뒤집어씌워도 이런 식으로 뒤집어씌우다니.

담우천은 정면으로 걸어 나온 중을 향해 물었다.

"영도 선사는 어디에 있소?"

"그걸 내가 왜 네놈 같은 악적(惡賊)에게 이야기를 하겠느냐? 여인을 납치한 광경을 목도했다는 이유로 죄 없는 교군꾼들을 죽이고, 그것도 모자라 사형을 해치려 감히 이곳까지 쫓아오다니."

'오호, 그런 식으로 이야기를 꾸민 게로군.'

졸지에 악독하기 이를 데 없는 악한으로 몰린 상황이었지만 담우천의 표정은 조금도 달라지지 않았다.

"나는 결코 그런 적이 없소. 한쪽 말만 듣고 아무런 죄가 없는 사람을 악적으로 몰고 가다니, 이게 대소림사가 할 만한 행동이오? 어차피 이렇게 그대들에게 포위당한 몸, 영도 선사를 불러 얼굴 맞대고 누구 이야기가 맞는지 확인합시다."

일반적으로 누명을 쓴 경우라면 이런 식으로 길게 이야기를 하면서 자신을 변호할 텐데, 담우천은 그러지 않았다. 그저 그는 언제나 그렇듯 무심하고 차분한 어조로 말했다.

"내 이름은 담우천이오."

앞에 나와 있는 중년의 무승, 혜주 대사(慧柱大師)는 어이가 없다는 얼굴로 담우천을 바라보았다.

"장문인에게 내 이름을 대면 누구인지 아실 것이오."

"허어, 이놈 봐라?"

혜주 대사는 눈을 부라리며 말했다.

"일개 악적 따위의 이름을 어찌 장문인께서 아시겠느냐? 헛소리 말고 당장 무릎을 꿇어라! 헉!"

혜주 대사는 우렁우렁하게 외치다가 저도 모르게 헛숨을 들이켜며 움찔거렸다.

믿을 수 없게도, 언제 빼 들었는지 모르는 담우천의 검이 그의 목젖을 정확하게 겨누고 있었던 것이다.

만약 담우천이 마음만 먹었다면 혜주 대사는 이미 죽었으리라.

담우천은 천천히 검을 거둬들이며 말했다.

"담우천. 장문인에게 그리 말하면 이 소동은 가라앉을 것이오."

혜주 대사의 얼굴이 바짝 상기되었다.

명색이 소림사의 중진, 소림사의 당주들이 바로 혜자급이었다.

이른 바 당경급의 실력에 해당되는 혜주 대사가 저 악적의 일검을 전혀 알아차리지 못한 것이다.

'이런 쾌검은… 사숙들도 막지 못할 것이다.'

소림사의 장로들이 막을 수 없는 쾌검이라는 생각이 드는 순간, 혜주 대사는 저도 모르게 주위를 돌아보았다. 곤봉을 쥔 채 담우천이라는 자를 에워싸고 있는 희자급의 젊은 무승들이 보였다.

만약 저자가 악독한 마음을 먹고 살수를 펼친다면 이 젊은 무승 중 단 한 명도 살아남지 못할 거라는 생각에 혜주 대사는 진저리를 쳐야만 했다.

"기다려라."

혜주 대사는 마음을 바꿨다.

그는 담우천에게 한마디 하고는 바로 곁의 젊은 중에게 말했다.

"장문인께 가서 말씀드려라. 담우천이라는 자가 왔다고."

젊은 중은 뭔가 불만 어린 표정이었지만 이내 고개를 숙이고는 서둘러 경내 안쪽으로 달려갔다.

물론 혜주 대사 또한 그 젊은 중의 불만을 모르는 바가 아니었다.

어떻게 보면 담우천의 일검에 혜주 대사가 겁을 먹고 굴복한 모양이었으니까.

그러나 혜주 대사는 그 한 수로 담우천이 무력을 사용할 생각이 없다는 걸 알아차렸다.

만약 소란을 피울 생각이었다면 가타부타 말없이 혜주 대사의 목을 찔렀을 테니까.

그렇다고 해서 혜주 대사가 담우천의 말을 믿는다는 건 아니었다.

단지 이 자를 상대하려면 소림의 정예들이 필요하다고 생각했을 뿐이었다.

'내가 사람을 보냈다는 것만으로도 방장(方丈)께서는 내 손에서 해결할 수 없는 상대라는 걸 알아차릴 것이다. 그러니 뭔가 조치를 취해주실 게 분명하다.'

혜주 대사는 그렇게 생각하면서 담우천을 바라보았다.

반면 담우천은 여전히 무심한 표정이었다. 어찌 보면 여유가 넘쳐 보이기도 했고 또 어찌 보면 오만방자해 보이기도 했다.

그의 모습을 지켜보는 혜주 대사의 정수리에 식은땀이 한 방울 굴러내렸다.

'처음에는 몰랐지만 지금 보니 확실히 내가 상대할 수 없는 초절정의 고수다.'

혜주 대사는 그렇게 속으로 중얼거리다가 문득 의구심이 들어 고개를 갸웃거렸다.

'이상하군. 영도 사형이 이런 초절정의 고수를 피해서 여기까지 도망칠 수 있었다니. 사형에게 그럴 능력이 있단 말인가?'

한편 젊은 무승들은 당장에라도 담우천을 때려잡을 듯한 기세로 그를 노려보았다. 정자급, 희자급의 젊은 무승들은 담우천이 은연중에 흘리는 무형의 기세를 전혀 느끼지 못하고 있는 것이다.

일촉즉발의 시간이 초조하게 흘러가고 있었다.

얼마나 시간이 흘렀을까.

멀리서 사람들이 달려오는 기척이 들렸다. 혜주 대사가 반색하며 내심 소리쳤다.

'방장께서 내 뜻을 알고 정예들을 보내셨구나!'

하지만 다음 순간, 그의 얼굴이 딱딱하게 굳어졌다.

앞다투어 달려온 인물들의 선두에 장문인이 있었던 것이다.

'설마… 이 악적과 아는 관계란 말인가?'

헤주 대사의 뇌리에 그런 생각이 스쳐 지나갈 때, 소림사의 노장문인은 두 팔을 벌리며 말했다.

"살아 있었구나, 우천!"

第四章
소림(少林)

소림사 또한 많은 사람이 부대끼며 살아가는 곳이었다. 게다가 일반 저잣거리보다 계율이 엄격하고 혹독한 수련을 하는 까닭에 가끔씩 일탈하고 방황하며 죄를 짓는 이들이 있었다.

그들은 죄의 무겁고 가벼움에 따라 계율원(戒律院)의 심판을 받는데, 그중 무거운 죄를 지은 자는 참회동에 들어가 정해진 기일 동안 참선(參禪)을 해야 했다.

1. 참회동(懺悔洞)

한달음에 장내로 달려온 소림사의 노장문인은 두 팔을 벌리며 말했다.

"살아 있었구나, 우천!"

일흔이 넘은 노구였지만 여전히 혈색 좋고 윤기 흐르는 얼굴의 이 노스님이야말로 소림사의 당대 장문인인 공허대사(空虛大師)였다.

담우천은 천천히 허리를 숙이며 말했다.

"오랜만입니다."

그를 에워싸고 있던 젊은 무승 사이에서 웅성거리는 소

리가 들려왔다.

그들은 믿을 수 없다는 표정을 지은 채 담우천과 공허 대사를 번갈아 바라보았다.

처자를 납치하여 인신매매를 한다는 저 악독한 사내와 공허 대사가 서로 아는 사이라는 게 상당히 충격적인 모양이었다.

공허 대사는 담우천의 손을 잡으며 믿을 수 없다는 듯이 물었다.

"이미 오래전에 죽었다고 들었는데 이 어찌 된 영문이더냐?"

"이야기가 깁니다. 그것보다도 우선 급한 게… 영도 선사는 지금 어디에 있습니까?"

"영도? 그 아이가 지금 어디에 있지?"

공허 대사는 뒤를 돌아보며 물었다. 혜주 대사가 반장(半掌)하며 대답했다.

"지객당(知客堂)에 가 계십니다."

"그렇다는구나. 그런데 영도는 왜?"

담우천은 담담한 어조로 영도 선사에 대해서 간략하게 이야기했다.

물론 담우천은 은월천계에 대한 이야기나 자신의 아내에 관한 대목은 일부러 말하지 않았다. 그저 그가 세운 영도사가 처자들을 납치하는 곳이며, 그렇게 납치한 처자를 낙양 외곽 장원에 가두고 조련하여 매매하는 게 그의 본 직업이 라고 말했을 따름이었다.

담우천의 이야기를 듣던 사람들의 얼굴에는 당황함과 불 신감의 표정이 떠올랐다.

"믿을 수 없는 이야기요! 영도 사형께서 그런 천인공노할 짓을 할 리가 없소!"

혜주 대사가 즉각 반박하고 나섰다. 그는 미심쩍다는 눈 빛으로 담우천을 노려보며 말을 이었다.

"영도 사형의 말로는 당신이 여인을 납치했고 그걸 목격 한 교군꾼들을 모두 죽이고 사형마저 죽이려고 이곳까지 쫓아왔다고 하던데……."

공허 대사가 고개를 저었다.

"이 아이는 그럴 사람이 아니다."

혜주 대사가 항변했다.

"그렇다면 영도 사형은 그럴 사람이라는 겁니까, 방장?"

"흠……."

공허 대사는 난감하다는 듯이 턱을 매만졌다. 영도 선사 의 평소 모습을 보건대, 그럴 일을 저지를 만한 사람이 아 닌 건 확실했으니까.

담우천이 입을 열었다.

"그가 소림사에 자주 들립니까?"

공허 대사가 대답했다.

"일 년에 한두 번? 그 정도 들리지, 아마. 아무래도 어렸을 적 이곳에서 십여 년 넘게 수련했으니까, 비록 정식으로 소림의 승적을 받지는 않았다 하더라도 다들 동문처럼 대하고 있구나."

"올 때마다 빈손으로 오지는 않겠죠?"

"흠, 적지 않은 돈을 시주한다고 알고 있는데."

"얼마나 되는지 알 수 있습니까?"

"글쎄다. 그건 공양당(供養堂)에서 처리하고 있어서 잘 모르겠구나. 혹시 혜주는 알고 있느냐?"

혜주 대사가 머뭇거리다가 입을 열었다.

"한 번 오실 때마다 오만 냥에서 십만 냥 정도를 시주하시는 걸로 압니다."

"그렇게 많았나?"

공허 대사의 눈이 휘둥그레졌다.

은자 십만 냥이라면 소림사의 일 년 경비를 상회하는 거액이었다.

수백 명의 무승과 그 못지않은 수의 학승(學僧)이 입고 먹는 데 드는 비용과 사찰 보수, 향화객과 지객당을 찾는 손님들을 접대하는 비용 등등을 다 합쳐도 십만 냥이 되지 않왔다.

그런 거액을 매년 기부하고 있으니 소림사 측에서 영도 선사를 끔찍하게 생각하는 건 당연한 일이었다. 하지만 소림사의 장문인 공허 대사는 영도 선사가 그런 거액을 시주하고 있다는 건 금시초문이라는 표정이었다.

담우천은 담담하게 말했다.

"일개 조그만 사찰에 불과한 영도사의 주지입니다. 그런 영도 선사가 저 거액을 매년 꼬박꼬박 시주한다는 게 이상하지 않습니까?"

"흐음. 듣고 보니 그렇구나."

공허 대사는 고개를 끄덕였다.

그리고는 자신을 보필하고 있는 동자승(童子僧)을 돌아보며 말했다.

"희창(希昌)아. 지객당으로 가서 영도 사숙에게 내가 찾는다고 하고, 방장실(方丈室)로 모셔오거라."

"네, 알겠습니다."

조금 뚱뚱한 체구의, 하지만 눈빛이 맑고 총기가 넘쳐흐르는 동자승은 씩씩하게 대답한 후 곧바로 지객당을 향해 뛰어갔다.

"자, 그럼 우리는 방으로 가서 기다리지."

공허 대사는 그렇게 말하고 몸을 돌렸다. 담우천은 허리를 숙이고 그 뒤를 따랐다.

담우천을 에워싸고 있던 무승들은 어찌할 바를 몰라 하
며 혜주 대사를 돌아보았다. 혜주 대사는 고개를 홰홰 저으
며 말했다.

"다들 자리로 돌아가라!"

*   *   *

소림사의 방장실은 조금 전 그 곳에서 다시 두 개의 문을
지난 경내 안쪽 깊은 곳에 자리 잡고 있었다. 방장실 앞마
당의 이끼 낀 석등들과 고색창연한 처마의 단청이 그 오랜
역사를 말해주고 있었다.

그 고즈넉한 분위기 속에서 방장실로 들어가는 담우천은
저도 모르게 앞마당 쪽을 힐끗 바라보았다.

'역시……'

방장을 수호하고 경호하는 무승들이 곳곳에 몸을 감춘
채 담우천을 지켜보고 있었다.

어젯밤 맞부딪쳤던 은월천사와 비교해 봐도 결코 뒤떨어
지지 않는 능력을 지닌 자들.

이게 바로 소림사의 진정한 힘이었다.

지난 정사대전 당시 수많은 고승과 무승을 잃어버린 까

닭에 지금은 이빨 빠진 호랑이 대접을 받고 있기는 하지만, 그래도 소림사는 여전히 세상에 널리 알려진 고승들이 많은 것으로 유명했다.

하지만 사실 소림사 본연의 위력은 다른 곳에 있었다. 세상 사람들이 모두 알고 있는 소림오로(少林五老)나 십팔나한(十八羅漢)이나 소림구룡(少林九龍)보다는, 이름도 모르고 법명도 알려지지 않은 스님들이야말로 바로 소림사를 지탱하고 이끌어가는 힘이었다.

과거 소림사가 위험에 빠졌을 때 곤봉 하나를 들고 주방에서 달려나와 뭇 마인(魔人)들을 쓰러뜨리고 소림을 위기에서 구해낸 불목하니, 지금 이렇게 방장실 주변에 진을 치고 은신해 있는 무승들.

그들 하나하나의 힘과 능력이 모여야만 비로소 진정한 소림사가 되는 것이다.

담우천은 언뜻 그런 생각을 하면서 방장실로 들어섰다.

방장실 내부는 조촐하지만 품격이 넘쳐흐르는 장식품들로 꾸며져 있었다.

공허 대사가 상좌에 앉자 뒤따라 들어온 스님들이 양옆으로 자리를 잡고 앉았다. 혜주 대사를 비롯한 혜자급 몇 명과 공자급 장로들이었다.

담우천이 마지막으로 들어와 아랫자리에 앉자, 공허 대

사가 입을 열었다.

"당시 태극천맹의 보고에 따르자면 정사대전 말미의 마지막 전투에서 금강철마존(金剛鐵魔尊)과 싸우다가 너를 비롯한 비선의 사선행자들이 모두 목숨을 잃었다고 했는데……. 그 보고가 거짓이었던 게냐?"

담우천은 잠시 망설였다.

지금 공허 대사의 질문은 함부로 대답하기 어려운 것이었다.

특히 이렇게 많은 사람들이 지켜보고 있는 가운데에서는 더더욱 그러했다.

그래서 담우천은 이렇게 대답했다.

"구사일생으로 목숨을 구했습니다."

공허 대사의 깊은 눈빛에서 현기가 흘러 나왔다. 그리고는 담우천이 제대로 대답하지 못하는 심경을 알아차린 것처럼 곧바로 화제를 돌렸다.

"다행이다. 어찌 되었든 살아 있으면 되는 게야. 그래, 그동안 어찌 지냈느냐?"

"유주 너머 변방에서 아들 둘을 키우고 지냈습니다."

"허어, 아들들이 있었느냐? 그건 혼인도 했다는 뜻?"

담우천의 얼굴이 살짝 붉어졌다.

"그렇습니다."

"그것참, 정말 다행이구나."

공허 대사는 마치 손자가 혼인을 하고 자식을 보았다는 소리를 들은 것처럼 즐거워했다.

"아이들은?"

"올해로 여덟 살, 두 살입니다."

"아이들은 제 엄마와 있고?"

"그게……."

담우천은 말꼬리를 흐렸다.

일순 공허 대사의 표정이 기이하게 변했다.

그는 담우천의 무심한 표정에서, 말투에서 뭔가 알아차린 듯했다.

문득 공허 대사는 담우천이 영도 선사에 대해서 했던 말을 떠올렸다.

'납치와 인신매매라…….'

생각이 거기에 미친 공허 대사는 진지한 표정을 지으며 입을 열었다.

"설마 납치된 게냐?"

담우천은 더 이상 숨길 수가 없었다.

결국 그는 사실대로, 어떻게 그의 아내 자하가 납치당했는지부터 시작하여 자신이 영도 선사를 뒤쫓게 된 데까지 간략하게 이야기를 했다.

"으음."

듣고 있던 혜주 대사가 저도 모르게 신음을 흘렸다.

'거짓말을 하는 건 아닌 것 같다.'

그렇다면 이 의 말대로 역시 영도 선사가?

그런 의문이 혜주 대사의 뇌리에 떠오르는 건 당연한 일이었다.

공허 대사 또한 그리 생각하는 모양이었다.

"아미타불(阿彌陀佛)."

소림사의 방장은 불호(佛號)를 외우며 입을 열었다.

"내가 투미해서 사람 보는 눈이 떨어졌구나. 늙은 게 확실하군그래."

그리 말하는 공허 대사의 얼굴은 확실히 조금 전보다 몇 배는 더 늙어 보였다.

사람에 대한 믿음과 신뢰가 깨질 때, 자신의 사람 보는 안목이 부족하다고 느껴질 때, 그때마다 세월과는 상관없이 조금씩 늙고 왜소해져 가는 법이었다. 마치 지금의 공허 대사와 또 혜주 대사가 그러하듯이.

그때였다.

덜컹, 문이 열리고 예의 그 뚱뚱한 동자승 희창이 뛰어들어왔다.

"어허, 예의 없게 함부로⋯⋯."

혜주 대사가 타박을 주었지만 희창은 아랑곳하지 않고 들어와 공허 대사에게 말했다.

"영도 선사는 지객당에 안 계세요."

"으음? 그게 무슨 말이더냐?"

"방장께서 직접 움직이셨다는 이야기를 전해들은 후 곧바로 지객당을 떠났다네요."

"이놈, 말버릇 좀 보세."

다른 노스님이 혀를 찼다.

확실히 소림사의 방장에게 말하는 것치고는 가볍고 버릇이 없게 느껴졌다. 하지만 그런 희창을 바라보는 노스님들의 얼굴에는 귀여워 어쩔 줄 모르겠다는 식의 표정이 담겨 있었다.

"그렇다면 어디로 갔다고 하더냐?"

공허 대사가 묻자 희창은 예의 그 조금은 경박한 말투로 대답했다.

"참회동(懺悔洞)이요."

일순 공허 대사를 비롯한 노스님들의 안색이 딱딱하게 굳어졌다.

"참회동?"

누군가 서둘러 묻자 희창이 다시 대답했다.

"네, 성승들께서 계시는 그 참회동으로 가셨답니다."

스님들의 얼굴이 창백해졌다.

2. 면벽수련

소림사 또한 많은 사람이 부대끼며 살아가는 곳이었다. 게다가 일반 저잣거리보다 계율이 엄격하고 혹독한 수련을 하는 까닭에 가끔씩 일탈하고 방황하며 죄를 짓는 이들이 있었다.

그들은 죄의 무겁고 가벼움에 따라 계율원(戒律院)의 심판을 받는데, 그중 무거운 죄를 지은 자는 참회동에 들어가 정해진 기일 동안 참선(參禪)을 해야 했다.

그 기간이 끝나기 전에는 어느 누구도 참회동을 벗어날 수 없었다.

그러한 규율을 깨는 자는 곧 파계승(破戒僧)이 되어 승적이 박탈당하고 사찰에서 내쫓기며, 심하게는 내공도 폐하고 손발의 근골이 잘려 두 번 다시 무공을 펼치지 못하는 벌을 받기도 했다.

그 참회동은 소림사 후면의 산등성이에 나 있는 토굴로, 누구나 마음만 먹으면 접근이 용이한 곳이었다. 하지만 마음대로 들어갈 수는 있어도 한번 들어가면 결코 마음대로 나올 수 없는 곳이 바로 참회동이기도 했다.

"그곳에는 이른바, 참회동의 괴물이라고 불리는 노인네들이 있거든요."

담우천을 참회동으로 안내하면서 희창은 웃는 얼굴로 그렇게 말했다.

담우천은 희창의 얼굴을 잠시 들여다보았다. 당금 소림사의 최고 어른이라 할 수 있는 소림오로를 가리켜 '참회동의 괴물이라 불리는 노인네들'이라는 식으로 말할 수 있다는 건 확실히 의외의 일이었다.

그것은 둘 중 하나의 경우라 할 수 있었다.

'이 동자승이 정말로 멍청하거나, 혹은 그 노인네들을 괴물이라 불러도 괜찮을 정도의 위치에 있거나.'

물론 담우천은 희창의 눈에 깃들어 있는 총명함을 놓치지 않고 볼 수 있었다.

즉, 다시 말해서 희창은 멍청한 게 아니라 그렇게 농담이나 장난 식으로 소림오로를 대할 수 있는 신분이라는 뜻이었다.

'그분들과 친한가 보군.'

담우천이 그런 생각을 할 때, 뒤따르던 혜주 대사가 희창을 향해 나지막한 소리로 꾸중했다.

"아무리 어르신들께서 귀여워하신다고는 하지만 외인 앞에서 함부로 입을 놀리면 안 되는 거다."

"잘못했어요, 다시는 안 그럴게요."

희창은 장난꾸러기처럼 목을 움츠리며 대답했다. 그 모습을 본 혜주 대사가 어이없다는 표정을 지으며 고개를 설레설레 흔들더니 졌다는 듯이 한숨을 내쉬었다.

"정말이지 누가 너를 말리겠느냐?"

'이 아이, 상당한 기대를 받고 있는 모양이구나.'

담우천은 새롭다는 눈으로 희창을 바라보았다.

그러고 보니 근골이 뛰어나고 자세가 안정되어 있는 모습이, 지금도 상당한 수련을 쌓고 있다는 것을 알 수 있었다.

문득 큰아들 호가 떠올랐다.

'내가 호를 잘 키우면 장래에 좋은 호적수가 될 수도……'

저도 모르게 그렇게 생각하던 담우천은 흠칫 놀라는 표정을 지었다.

담호를 무인으로 키운다는 건 평소 전혀 생각하지도 않던 일이었다.

무공은 마약과도 같았다.

한번 무공에 빠지게 되면 주위의 모든 것을 버리고 그것에 탐닉하게 된다. 특히 자질이 뛰어나면 뛰어날수록 더더욱 그러한 법이었다.

그래서 담우천은 자식들에게 무공을 가르치지 않았다. 약간의 호신술이라면 모르되, 그저 평범한 삶을 살아가기를 바랐을 뿐이었다.

그런데 이 소림사에서 희창과 같은 전도양양한 어린 동자승을 보고 있자니 문득 자신의 아들에 대한 기대감 같은 게 생기는 것이었다.

'아니, 지금은 사치에 가까운 생각이다. 우선은 자하를 찾는 데 집중하자.'

담우천은 그렇게 속으로 중얼거리며 발길을 옮겼다.

방장실 뒤쪽으로 조사전(祖師殿)이 있고 그 뒤편으로 한참 걸으면 낮은 구릉이 아담한 담 안에 둘러싸여 있었다.

그 구릉을 지나 산을 오르다 보면 중간중간 토굴이 뚫려 있는 광경을 볼 수 있었는데, 그 토굴들 전체가 참회동이었다.

담우천 일행은 그 참회동 중 한 곳의 입구로 향했다. 담우천과 함께 움직이는 스님들의 수가 제법 많았음에도 불구하고 선두에 선 자는 역시 희창이었다.

희창은 참회동의 입구에 서서 크게 외쳤다.

"제자 희창이 왔어요! 들어가도 되나요?"

토굴 안에서는 아무런 소리도 들리지 않았다. 희창이 다시 한 번 소리쳤다.

"방장께서 영도 사숙에게 하실 말씀이 있다고 해요! 그래서 영도 사숙을 모시러 왔어요!"

"누구 마음대로!"

토굴 안에서 늙수그레한 목소리가 들려왔다. 그 음성만으로도 괴팍하고 고약한 성격의 소유자임을 알 수 있을 만큼 메마른 날이 서 있는 목소리였다.

그 목소리를 듣는 순간, 일행의 스님들이 황급히 허리를 숙였다.

존경과 경외의 감정이 담긴 행동이었다.

당연한 일이었다.

비록 희창에게는 '참회동의 괴물이라 불리는 노인네들'에 불과할지 모르겠지만 소림오로는 소림사의 전설적인 기인들이었다.

이미 은거한 지 오십여 년이 넘은 전전대(前前代)의 고승들, 한때는 다섯 명이었지만 지금은 세 명만 남아서 소림오로보다는 소림삼로(少林三老)라는 별호가 더 어울리는 이들이 바로 그들이었다.

하지만 희창에게는 여전히 '노인네들'에 불과한 모양이었다.

칼칼한 노승의 매서운 말투에도 불구하고 동자승은 거침없이 소리쳤다.

"방장 마음대로요!"

담우천마저 눈이 동그래질 정도로 대담한 말투였다. 희창이 계속 말하고 있었다.

"두 분께서 아무리 대단하시다고는 하지만 그래도 소림사의 제일 어른은 방장이 아니던가요? 소림에 적을 둔 이상 그 어떤 배분의 고승이라 하더라도 방장의 말씀을 따라야 하잖아요? 그게 사승(師承)의 엄격함이 어떤 것인지 후배들에게 몸소 보일 수 있는 선배 된 도리구요."

동자승의 말은 한 점 틀림이 없었다. 그래서인지 토굴 안에서는 아무런 소리도 들려오지 않았다.

담우천은 희창의 이야기에 문득 의아심이 들었다.

'내가 알기로는 소림오로 중 세 명이 생존해 있다. 그런데 지금 저 안에는 두 명만 있나 보구나. 그렇다면 다른 한 명은… 설마 내가 강호를 떠나 있는 동안 입적(入寂)한 것일까?'

담우천이 내심 그런 생각을 하고 있을 때였다. 참회동 안에서 다시 카랑카랑한 목소리가 들려왔다.

"현오(玄悟)가 아주 맹랑한 것만 가르쳤나 보구나."

희창이 씨익 웃더니 다시 소리쳤다.

"어떤 게 맹랑한 건지는 모르겠지만 두 분 노스님을 상대할 때 어떤 식으로 말을 해야 하는지는 제대로 배운 것 같아요!"

"허어, 현오 늙은이가 망령이 들었구나. 늘그막에 저런 못된 송아지나 키우고 있다니 말이지."

"엉덩이에 뿔이 나려면 아직 멀었어요!"

잠자코 그들의 대화를 듣고 있던 담우천의 표정이 기이하게 변했다.

'현오라면 소림오로 중의 그 현오 성승(玄悟聖僧)을 가리킬 터, 설마 이 동자승이 현오 성승의 제자란 말인가?'

믿을 수 없는 일이었다.

강호의 모든 문파는 배분(輩分)에 대해서 매우 민감했다. 오랜 전통을 지니고 문규가 엄격한 문파일수록 배분을 철두철미하게 따졌다. 하물며 소림사의 경우라면 더더욱 그러한 법이었다.

현오 성승은 당금 소림의 방장인 공허 대사의 사숙조(師叔祖)이니 곧 할아버지뻘이라고 할 수 있었다.

그러니 만약 희창이 현오 성승의 제자라면 공허 대사의 사숙(師叔)이 되는 셈, 아무리 공허 대사가 소림의 방장이고 나이가 많다 하더라도 함부로 희창에게 말을 놓거나 지시를 할 수 없었다.

게다가 희창이라는 법명 대신 현광공혜정희(玄光空慧正希)로 이어지는 배분에 따라 광창(光昌)이라는 식의 법명을 받았을 것이다.

그런데 현재 삼대제자(三代弟子)의 돌림자인 희를 사용하는 걸 보면 희창이 현오 성승의 제자라는 건 아무래도 말이 안 되는 이야기였다.

'하지만 저 참회동의 노승이 말하는 걸 보면……'

담우천은 의구심이 들었지만 더 이상 깊게 생각하지 않았다.

그는 그저 잠자코 희창과 노승의 만담 같은 대화를 듣고 있었다.

그들의 대화는 한참이나 이어졌다. 하지만 노승은 희창의 말솜씨를 따라가지 못했다.

희창은 자신이 필요할 때는 논리적으로 노승을 상대했고 아니다 싶을 때는 소년다운 억지를 동원했다.

결국 말문이 막힌 노승은 잠시 동안 끙끙거리다가 빽! 하고 소리쳤다.

"됐다! 어쨌든 이 녀석은 오늘부터 천일(千日) 면벽(面壁) 수련에 들어가기로 했다. 그러니 그 어떤 일이 있더라도, 면벽수련이 끝나기 전에는 절대 밖으로 나갈 수 없다! 다들 그리 알고 방장께도 그리 전하도록 하라!"

"큰일 났네."

일순 희창의 얼굴빛이 변했다.

그동안 여유자적하게 노승과 대화를 나누던 동자승이었지만, 지금의 이야기에는 아무런 반박도 하지 못한 채 그저 발만 동동 굴렀다.

"뭐가 큰일이지?"

"면벽수련이니까요."

담우천은 희창의 말을 이해할 수가 없었다.

"면벽수련이 왜?"

"아, 이야기가 길어지는데……."

희창은 입술을 질겅질겅 씹으며 투덜거렸다.

"면벽수련이라니, 정말 영도 사숙이 머리를 잘 쓰셨네."

희창은 아직 영도 선사가 무슨 죄를 지었는지, 왜 방장이 그를 찾는지 알지 못하고 있었다.

그런 까닭에 어린 동자승은 영도 선사에게 진심으로 감탄하고 있었다.

3. 사문(師門)

"원래 면벽수련에 들어가면 그 기한이 끝날 때까지 절대 밖으로 나오면 안 되는 거래요."

희창은 그렇게 이야기를 시작했다.

"옛날에 소림삼로들께서, 그러니까 현오, 현일(玄一), 현정(玄頂) 세 성승께서 면벽수련을 시작하셨대요. 기간이 끝나기 전에는 절대로 나오지 않기로 약조한 후 이곳 참회동에 들어가셨는데… 그만 정사대전이 발발한 거예요."

정사대전 당시 소림사의 수많은 무승이 죽거나 크게 다쳤다.

공적십이마와 구천십지백사백마로 대변되는 마도사파(魔道邪派)의 무력은 실로 막강해서, 소림사뿐만 아니라 백도정파(白道正派)의 수많은 이가 비명횡사했다.

시간이 흐를수록 전황(戰況)은 백도정파에 극도로 불리해졌고 결국 정파 연합은 패배 일보 직전에 몰리게 되었다.

그때 각 문파의 수장들은 은거해 있던 전대 고인들을 찾아가 도움을 요청했다.

공허 대사 또한 면벽수련을 하고 있던 소림삼로에게 협조를 구했다.

소림삼로는 얼마 남지 않은 면벽수련에 대한 미련과 약조 때문에 쉽게 그곳을 떠나지 못했다. 또 한편으로는 후배들과 동도들의 안위에 대한 걱정으로 인해 제대로 수련이 되지 않았다.

세 명의 성승은 두 파로 나뉘어 오랫동안 토론을 나눴고, 결국 밖으로 나가자는 현오 성승의 설득에 현일, 현정 성승이 마음을 돌렸다.

그렇게 참회동 밖으로 나와 전장으로 출발하려던 참에 정사대전이 정파 연합의 승리로 끝났다는 소식이 전해졌다.

소림사의 후배들은 정사대전이 끝난 후 뒤늦게 모습을 드러낸 소림삼로에 대해 불만을 토로하고 험담을 늘어놓았다.

현일과 현정 성승은 예상 밖의 반응에 당황했으며 또한 분노했다.

수련을 포기하고 약조를 어기면서까지 밖으로 나온 자신들의 고뇌가 모두 물거품이 된 것도 모자라, 이제 후배와 제자들에게 손가락까지 받는 처지가 된 것이다.

그들은 곧바로 참회동으로 돌아갔다. 그리고 두 번 다시 면벽수련을 방해하는 이가 있다면 설령 방장이라 하더라도 용서하지 않겠다는 맹세를 한 후 여태 그곳에 머물러 있는 것이다.

"그래서 면벽수련을 하는 동안에는 그 누구도 밖으로 데리고 나올 수가 없어요. 특히 두 분 성승께서 계신 참회동으로 들어갔다면……."

희창은 고개를 설레설레 흔들었다.

그의 이야기를 듣고 있던 담우천은 문득 궁금한 게 생겨

서 물었다.

"그렇다면 현일 성승은?"

"사부는, 아! 노스님은 주방에서 일하세요."

희창은 황급히 말을 바꾸며 말했다.

담우천은 그제야 희창의 신분에 대해서 어느 정도 짐작할 수가 있었다.

'실질적인 사제(師弟)이지만 정식 사제의 연은 맺지 않은 게로군.'

담우천은 고개를 끄덕이고는 화제를 돌렸다.

"그렇다면 방장의 명령이 있다 하더라도 영도 선사를 밖으로 데리고 나오지 못한다는 건가?"

"네."

"그렇다면 방법은 하나뿐이군."

그렇게 말한 담우천은 곧장 참회동을 향해 발을 옮겼다. 희창이 깜짝 놀라 그를 붙잡았다.

"함부로 들어가셨다가는 두 노스님이 화를 내요."

"상관없다."

"아니에요. 노스님들에게 치도곤을 맞은 사형들이 얼마나 많은데요. 게다가 사숙들도 매를 맞고 그래서, 내가 심부름을 도맡아하거든요."

"괜찮다."

담우천은 거침없이 토굴 안으로 들어섰다. 희창이 어쩔 줄 모르며 그 뒤를 따랐다.

그렇게 담우천이 토굴 안으로 발을 디뎌놓는 순간이었다.

"물러가라."

카랑카랑한 소리와 함께 토굴 안에서 강맹한 경기가 해일처럼 밀려나왔다.

마치 거대한 용권풍(龍捲風)이 토굴 안쪽에서 휘몰아쳐 나오는 것만 같았다.

그 경기에는 태산을 무너뜨릴 정도로 강대한 힘이 실려 있었지만 놀랍게도 토굴 안쪽의 주변 흙더미 한 점 흐트러지지 않았다.

담우천은 그 막강한 힘을 막거나 피하지 않았다.

그는 자신을 향해 물밀듯 밀려드는 경기를 향해 온몸으로 부딪쳐 갔다.

경기와 부딪치는 순간, 파파파! 소리와 함께 금세 그의 머리카락이 산발이 되고 옷이 찢어져 나갔다.

그의 몸은 벽에 부딪친 것처럼 앞으로 나아갈 수 없었다.

담우천은 이를 악물었다.

그리고 휘몰아쳐 오는 용권풍의 경기에 맞서 한 걸음 한 걸음씩 전진해 나갔다.

살갗이 찢어지고 피가 튀었다.

전신의 뼈와 근육이 모두 산산이 분해되는 고통이 엄습해 왔다.

그러나 담우천은 뒤로 물러나지 않았다. 힘들게 오른발을 떼고 다시 왼발을 떼며 앞으로 걸어 나갔다.

"허어."

토굴 안쪽에서 탄성이 들려왔다.

동굴은 한없이 이어진 듯 끝이 보이지 않았다.

이를 악문 채 한 걸음씩 전진해 가는 담우천의 안색이 새파랗게 질려 있었다. 앙다문 입술 사이로 한 줄기 핏물이 흘러나왔다.

막강한 경기에 정면으로 맞서는 동안 적지 않은 내상을 입은 것이다.

"제발 돌아가요."

담우천이 정면으로 맞서기 때문일까. 아니면 용권풍과 같은 경기를 내뿜는 노승이 그 힘과 방향을 조절하고 있기 때문일까.

아무런 피해를 입지 않은 희창이 담우천의 뒤에서 발을 동동 구르며 애타게 말했다.

하지만 담우천은 걸음을 멈추지 않았다. 그는 계속해서

발을 옮겼고 그렇게 시간이 흘렀다.

어느 순간, 거짓말처럼 바람이 멈췄다.

담우천의 전신을 옥죄이던 경기가 사라졌다.

그리고 조용히 타오르는 횃불이 보였고 십여 평 가량 되는 넓은 공간 속에 두 명의 노승과 영도 선사가 벽을 바라본 채 가부좌를 틀고 앉아 있는 모습이 보였다.

담우천은 길게 호흡을 가다듬었다. 벽을 향해 앉아 있는 노승 중 한 명이 입을 열었다.

"피 냄새가 진동하는구나."

카랑카랑한 목소리가, 조금 전까지 희창과 만담 같은 대화를 나누던 그 음성이었다.

"피에 굶주린 수라가 지옥문을 열고 나온 게로군."

노승의 말에 담우천은 무미건조하게 입을 열었다.

"담우천이라고 합니다."

담우천은 영도 선사의 뒷모습을 바라보며 말했다.

"영도 선사에게 물어볼 게 있어서 이렇게 폐를 끼치게 되었습니다."

"아쉽게 되었군."

예의 그 노승이 말했다.

"현일 성승이세요. 까다로워 보이지만 속정이 되게 깊으신 분이에요."

희창이 담우천에게 소곤거렸다. 노승은 못 들은 척 계속해서 말을 이어 나갔다.

"그 아이는 지금 침묵의 계(戒)를 받아 묵언의 수(修)를 실행하는 중이네. 천일 면벽수련이 끝나기 전에는 그 어떤 일이 있더라도 입을 열 수가 없지. 그러니 이만 돌아가게. 실례는 용서하지."

"돌아갈 수 없습니다."

담우천은 차분하게 말했다.

"그자로부터 제 아내의 행방을 알기 전에는 절대로 돌아갈 수 없습니다."

"그건 또 무슨 헛소리인가? 속세를 떠나 불법에 귀의한 이가 어찌 타인의 부인에 대해 알겠는가?"

"그건 그자가 여인을 납치하고 인신매매를 하는 자이기 때문이죠."

현일 성승이 피식 웃으며 말했다.

"허어, 갈수록 기괴한 소리를 하는군그래. 이 녀석이라면 갓난아기 시절 때부터 잘 알던 아이야. 지금 저 희창처럼 말이지. 절대 그럴 짓을 할 아이가 아니다."

이때 희창은 영도 선사에 대한 이야기가 놀라서 어리둥절한 상태였다.

납치니 인신매매니 하는 단어들이 너무나도 낯설게 들리

는 것이다.

"틀리셨습니다."

담우천이 다시 말했다.

"사람 없는 토굴 안에서 지내시다 보니 사람 보는 안목조차 없어진 모양이군요."

그 말이 노승의 기분을 건드렸을까.

노승은 가부좌를 튼 자세 그대로 빙그르르 몸을 돌려 담우천을 쳐다보았다.

일순 담우천은 저도 모르게 몸을 찔끔거렸다.

노승의 광물성의 단단한 안광(眼光)과 마주치는 순간 담우천은 자신의 모든 것이 낱낱이 드러나는 듯한 기분을 느낀 것이다.

자신이 지닌 무공 수위와 내력은 물론 그동안 어떤 삶을 살아왔는지 고스란히 내보이는 듯한 느낌. 그것은 의외로 부끄러우면서도 치욕적인 기분이었다.

그래서였다, 일순 자신도 모르게 몸을 보호하듯 내공을 끌어올린 것은.

"호오."

노승, 현일 성승의 눈이 가늘어졌다.

"맨몸으로 와선격풍(渦旋擊風)에 대항해 걸어올 때부터 범상치 않다 싶었거늘, 그 나이에 이루기 힘든 경지까지

올랐군그래. 게다가 어쩐지 불문(佛門)의 느낌까지 나고."

현일 성승은 꽤 호기심이 이는 듯한 표정을 지으며 말을 이었다.

"그래. 자네의 사문(師門)이 어찌 되는지 궁금하군그래."

第五章
과거(過去)

"때가 된 것 같소이다."

"하지만 아직 정신적으로 문제가……."

"아니, 상황이 급박해지고 있소. 저들의 힘과 세력은 우리의 예상을 훨씬 뛰어넘었소. 자칫 이대로 우리가 패망할 위기에 봉착해 있다는 말이오."

"흠, 하지만 저 아이에게 비선을 통째로 맡긴다는 건……."

"필요한 건 최대한 동원하기로 합시다. 무공, 영약, 교두 할 것 없이 말이오."

1. 과거(過去) 일(一)

사문(師門)이라.
내게 사문이라고 할 게 있을까.

기억의 저장 창고 맨 아래쪽에 쌓여 있는, 그러니까 내가
가장 어렸을 때의 기억은 검(劍)이었다.
넓은 탁자 위에 칼과 검, 몽둥이와 도끼 등 장난감처럼
조그만—그러나 제대로 날이 선 진짜배기인—무기들이 수십
개가 놓여 있었고 나는 그중에서 검을 집었다.
주변에서 그 광경을 구경하고 있던 사람들이 박수를 치

고 웃으며 뭔가 이야기를 나눴다. 그중 한 명이 나를 들어 안으며 이렇게 말했다.

"검을 쥐었으니 내가 키우지."

태어난 지 일 년이 되었을 때 부모들은 붓과 동전, 실과 쌀 등을 상 위에 올려놓는다. 아이가 그중 어떤 것을 집느냐에 따라서 그 아이의 미래가 결정된다는 건데 그걸 돌잡이라고 부른다.

돌이켜 생각해 보면 나 역시 돌잡이를 한 것 같다. 비록 상 위에 올려놓은 것들이 무기 일색이라는 점, 그리고 당시 내 나이가 서너 살, 혹은 다섯 살 정도였다는 점, 거기에 내 부모 대신 전혀 나와 상관없는 이들이 모여 있었다는 점만 다를 뿐.

다음으로 오래된 기억은 많은 사람이 지켜보는 가운데 누군가와 맞서 싸우는 장면이었다.

너무 아프고 고통스러워서 엉엉 울면서도 나는 끝까지 검을 놓지 않고 휘둘렀다.

그리고 나보다 머리 하나 큰 상대의 옆구리를 찔러 결국 그를 쓰러뜨렸다.

지켜보던 어른들이 박수를 치며 좋아했다. 역시 서너 살, 혹은 다섯 살 시절의 기억이었다.

단편적으로 끊어져 있던 장면들이 조금씩 이어지면서

'지금 무슨 상황이구나' 하는 걸 알 수 있게 된 기억은 일 고여덟 살 언저리 때부터였다.

그때 비로소 나는 부모가 없고 부모 대신 나를 키워주는 사람이 있으며 그들의 명령과 지시에 따라 생활하고 있다는 사실을 알게 되었다.

그렇다. 나는 부모를 알지 못한다.

그래서 생일도, 언제 태어났는지도 모른다.

지금의 정확한 내 나이도 알지 못한다.

동안인 까닭에 사람들이 나를 삼십대 초중반으로 보고 나 또한 그렇게 생각하고는 있지만, 어쩌면 서른일곱, 혹은 마흔이 벌써 넘었을지도 모른다.

당시 내가 생활하던 곳에는 나와 비슷한 또래의 소년소녀가 수백 명이나 모여 있었다.

그들은 나와 비슷하게 무기를 선택했고 그 선택한 무기를 숙련되게 사용할 수 있을 때까지 갖은 훈련을 다 받아야 했다.

우리를 보살피고 가르쳐 주는 어른들은 우리를 가리켜 대종자(大種子)라고 불렀다. 위대한 영웅이 될 수 있는 씨앗이라는 의미의 대종자는 그곳을 떠날 때까지 우리의 이름을 대신했다.

반면 우리들은 그 어른들을 교부(敎父) 혹은 교모(敎母)라해서 '나를 가르치는 아버지, 어머니'라고 불렀다. 그리고 철이 들 때까지, 우리는 그들이 진짜 우리의 부모라고 생각했다.

나를 비롯한 소년소녀들은 그곳에서 십여 년을 넘게 살았다.

언뜻 생각하면 지옥 같은 생활이라고 여겨질 테지만 그건 아니었다.

어른들은 최대한 우리의 편의를 봐줬고 우리의 건강에 신경 썼으며 되도록 그 안에서 죽는 자가 나오지 않도록 유의했다.

아직도 나는 큰 부상을 입었을 때, 병에 걸려서 정신이 혼미했을 때 밤새도록 내 곁을 떠나지 않고 간호해 주었던 교부 교모들을 기억하고 있다.

한 사람의 몫을 할 나이가 되고 그럴 실력이 되자 우리는 그 실력의 우선순위에 따라 그곳에서 나와 새로운 장소로 옮겨졌다.

그렇게 함께 동고동락했던 소년소녀들의 수는 점점 줄어들었다.

반면 내 경우는 조금 독특하다고 할 수 있었다. 나보다 강한 녀석들이 없었음에도 불구하고, 교부들 중에서도 가끔씩 내게 패배를 시인하는 사람이 있을 정도로 강해졌음에도 불구하고 어른들은 나를 이동시키지 않았다.

외려 더 힘들고 괴로운 수련을 시키기 시작했는데, 그때 나는 처음으로 자살을 떠올렸다.

사실 매일처럼 근골이 부러지고 찢어지는 고통은 참을 수가 있었다.

하지만 밤마다 겪어야 하는 온갖 고문과 기이한 실험들은 실로 참아내기가 어려웠다.

손톱을 빼고 상처에 소금을 뿌리는 건 유치한 고문이었다.

살갗을 가른 다음 개미들을 집어넣고 꿰매는 식의 고문은 초보 단계에 불과했다. 어떻게든 참아내면 결국 개미들은 내 몸속에서 죽으니까.

하지만 수십 개의 우모침(牛毛針)이 내 혈맥을 따라 뱅글뱅글 돌면서 콕콕 찌르는 건 정말이지 견딜 수가 없었다. 마치 수백만 마리의 개미와 벌이 내 몸 저 깊은 곳에서 마구 깨물고 침을 놓는 듯한 고통과 간지러움은 나를 미치게 만들었다.

긁을 수도, 파낼 수도 없는 그 고통과 간지러움에 견디지 못하고 기절한 것이 몇 번인지 모르겠다.

게다가 그런 육체적인 고통과 학대만 있는 게 아니었다. 인간으로는 견딜 수 없는 정신적인 고문이 육체적 학대와 병행되면서 나는 급속도로 인성(人性)을 상실하게 되었다.

내 정신 깊은 곳에 지금껏 남아 있는 인간에 대한 불신과 생명에 대한 무심함은 그때 각인된 낙인과도 같은 것이리라.

더 견디기 힘들었던 것은 지옥 같은 고문이 끝나면 여러 명의 어른이 심혈을 기울여 다시 나를 원래의 몸으로 회복시켜 준다는 점이었다.

그 과정의 고통도 고통이었지만 무엇보다 나를 괴롭혔던 것은 내가 회복하면 또 다시 고문을 받게 될 거라는 두려움이었다.

그래서 나는 자살을 떠올렸고 시도했다. 무려 여섯 번이나 계속해서 나는 주변에 사람이 없을 때마다 스스로 죽고자 했다.

그러나 자살 시도는 번번이 실패로 돌아갔다. 내가 자살을 시도할 때마다 어른들은 기다렸다는 듯이 나타나 나를 막거나 치료해 준 것이다.

지옥과도 같은 경험이었고 시간이었다. 영원히 계속해서 이어질 것만 같은 고통과 악몽과 충격 속에서 내 정신은 무뎌져 갔고 인성은 메말라졌다. 눈동자에서 빛이 사라졌고 머릿속은 텅 비었다.

그제야 어른들은 비로소 만족한 듯 고문을 멈추고 나를

다른 곳으로 이동시켰다.

"쯧쯧, 어쩌자고 이 어린아이를 이 지경으로 만들어 놓았을
꼬."

아직도 기억하고 있는 말.

그것은 새로운 곳에 당도했을 때 기존의 교부 교모들의
손에서 나를 건네 받은 중년인이 했던 말이었다.

그 자상하게 생긴 중년인은 마치 자식을 껴안듯 나를 품
에 끌어안았다.

하지만 나는 여전히 표정 사라지고 눈빛 죽은 얼굴로 먼
하늘을 바라보았을 뿐이었다.

깊은 산속이었다.

호수가 눈앞에 펼쳐져 있고 주위 사방의 높은 봉우리가
울타리처럼 쳐져 있는, 오직 우리가 기거하는 장원 한 채가
전부인 한적하면서도 외진 곳이었다.

그곳에서 나는 아무것도 하지 않은 채 일 년이라는 시간
을 보냈다.

아침에 일어나 식사를 한 다음 호수 주변가를 산책하듯
걷고 다시 점심을 먹은 다음 낮잠을 자고, 일어나서 산책하
고 저녁식사를 하고, 명상하듯 운기조식을 하고 잠을 자는

게 하루 일과의 전부였다.

그 일 년 동안 중년인은 내 곁을 떠나지 않고 지극정성으로 보살펴 주었다.

"네가 우리의 희망이 될 것이다."

중년인은 가끔씩 뿌연 물이 가득 담긴 욕조에서 나를 목욕시키면서, 당시만 하더라도 전혀 의미를 알 수 없는 말을 중얼거리기도 했다.

돌이켜 생각하면 그 쌀뜨물처럼 뿌연 물이 저 희대의 영약이라고 알려진 공청석유(空靑石乳)가 아닐까 하는 생각이 들기도 한다. 뭐, 그 희귀한 보물을 내 목욕물로 쓸 리는 없겠지만.

어쨌든 시간이 흐르고 나는 예전의 몸 상태를 회복했다. 아니, 육체적으로는 더 건강해지고 단단해졌다.

중년인의 알뜰살뜰한 보살핌 속에서 내 정신상태도 좋아지기 시작했다.

그러나 여전히 내 마음은 설산의 빙벽처럼 단단하게 굳어 있었다.

내 상태가 좋아지자 산속을 찾아오는 손님들이 생기기 시작했다.

다들 고고한 분위기를 풍기는 중년인들이었다. 나중에는 거지와 스님, 도사들까지 나를 찾아왔다.

그들은 나를 벌거벗겨 놓고는 몸 여기저기를 만지기도 하고 혹은 손바닥으로 애무하듯 쓰다듬기도 하면서 고개를 끄덕였다.

당시 나는 그들이 나를 성적(性的)으로 유린할까 봐 걱정하지는 않았다.

이미 고문을 당했을 시절 그보다 더 치욕적이고 굴욕적인 경험들을 겪은 상태였으니까.

또 나를 매만지는 어른들의 얼굴에는 하나같이 진중하고 무거운 표정이 담겨 있어서 그 과정이 엄숙하고 숙연하기까지 했던 까닭도 없지 않았다.

그들은 나를 두고 서로 뭔가 이야기를 나눴다. 다른 건 기억나지 않지만 이런 대화를 나눴다는 건 여전히 기억에 생생하다.

"때가 된 것 같소이다."

"하지만 아직 정신적으로 문제가……."

"아니, 상황이 급박해지고 있소. 저들의 힘과 세력은 우리의 예상을 훨씬 뛰어넘었소. 자칫 이대로 우리가 패망할 위기에 봉착해 있다는 말이오."

"흠… 하지만 저 아이에게 비선을 통째로 맡긴다는 건……."

"필요한 건 최대한 동원하기로 합시다. 무공, 영약, 교두 할 것 없이 말이오."

결론이 났다.

사람들이 자리를 뜬 후, 그동안 나를 아들처럼 보살펴 주었던 중년인은 진심으로 걱정 어린 표정을 지었다.

"죽지 말거라."

그는 내 손을 꽉 쥐며 말했다.

"무슨 일이 있더라도 죽으면 안 된다. 알겠느냐? 살아만 있으면 무엇이든 다시 할 수 있는 것이다. 복수도, 사랑도, 재기도 말이지. 약속하겠느냐?"

나는 무심하게 말했다.

"알겠습니다."

그는 다짐하듯 재차 말했다.

"약속은 반드시 지켜야 하는 법이다. 설령 적과 한 약속이라도 말이다."

"지키겠습니다."

"좋아, 좋아."

중년인은 처음 만났을 때처럼 나를 한 번 끌어안았다. 나는 가만히 있었다.

중년인은 한참이나 아무런 말도 하지 않은 채 포옹(抱擁)을 풀지 않았다.

그러다가 갑자기 한숨을 쉬듯 입을 열었다.

"내게는 너만 한 아들이 있다."

나는 여전히 무심한 얼굴로 그의 이야기를 들었다.

"늦게 본 까닭에 애지중지 키웠지. 나도 그랬지만 특히 내 아내가 더 심했다. 녀석의 말이라면 무엇이든 들어주고 원하는 대로 해주며 오냐 오냐 했으니까."

중년인은 여전히 나를 포옹한 채 말을 이어 나갔다.

"어렸을 적부터 그리 자랐으니 제대로 된 성격을 갖추기 어려운 건 당연하겠지. 지금의 녀석은……."

중년인은 게서 말을 멈추고 길게 한숨을 쉬었다.

그의 복잡한 심정을 알 것 같았지만 나는 아무 말도 하지 않았다.

"지난 일 년 동안 정말 즐거웠다. 마치 새로 자식을 얻어서 함께 지낸 것 같은 시간이었다. 그래서 하는 말이다. 한 번만이라도 좋으니……."

문득 중년인은 포옹을 풀고 나를 바라보며 말했다.

"나를 아버지라고 불러주면 안 되겠느냐?"

나는 멍한 눈빛으로 그를 바라보다가 기계적으로 입을 열었다.

"아버지."

중년인은 다시 한숨을 쉬었다. 그가 원하던 느낌이 아니었던 모양이었다.

나는 눈을 감았다.

그리고 그와 함께 보냈던 지난 일 년간의 시간을 돌이켜 보았다.

문득 가슴 한쪽이 따듯해지는 기분이 들었다. 나는 조심스레, 아주 조심스레 입을 열었다.

"아버지……."

중년인이 멈칫하는 게 느껴졌다. 나는 다시 말했다.

"아버지……."

갑자기 중년인이 나를 깊게 껴안았다.

그의 떨리는 호흡이 애틋한 감정으로 내게 전달되었다. 나는 머뭇거리다가 손을 들어 그를 껴안았다.

그는 한참이나 그렇게 나를 포옹하다가 힘겹게 입을 열었다.

"고맙구나, 아들아."

그리고는 곧장 자리에서 일어나 밖으로 나갔다.

이후 나는 그와 더 이상 만나지 못했다. 그로부터 이 년이라는 세월이 흘러 그 산속을 벗어나 태극천맹이라는 곳에 가기 전까지.

그 이 년 동안 나는 다시 무공을 수련하기 시작했다. 어렸을 적 익혔던 것들과는 차원이 다른 무공이었다.

한 번의 도약으로 아름드리나무를 뛰어넘거나, 손짓 한 번으로 호랑이를 즉사시키며 몇 걸음 걷는 것만으로 모습을 감추는, 이른바 세상에서는 절세신공(絶世神功)이라 불리는 무공들을 수련했다.

산속의 장원을 찾아오는 중년인들이 나의 사부이고 교두였다.

그들은 각자 한 가지씩의 절기(絶技)를 내게 전수해 주었다.

그들은 늘 이런 식으로 내게 말했다.

"내 성명절기(盛名絶技)는 아니지만 상당히 위력 있고 파괴력이 강한 무공이다. 어쩌면 마공(魔功)이라고 불러도 과언이 아닐 정도로 살상력이 뛰어난 놈이지. 하기야 이마제마(以魔制魔)라고 했으니, 이놈으로 천하의 마두(魔頭)들을 모조리 해치운다면 내가 금기를 깨고 너를 가르치는 보람이 있을 것이다."

아마도 그들은 내게 무공을 전수하는 것에 대해서 그리 탐탁해하지 않은 모양이었다.

훗날 내가 좀 더 나이를 먹고 세상의 일에 대해서 조금은 알게 되면서 그 이유를 알 수 있었지만, 당시만 하더라도 나는 그들이 도대체 무슨 이야기를 하는지 알 수 없었다. 물론 알려고 들지도 않았지만.

공허 대사는 그런 대부분의 사람들과 달랐다. 그는 아버지라고 불러달라고 했던 자상한 중년인처럼 진심으로 나를 아껴주었고 또 내 처지에 대해서 안타까워했다.

그래서였는지도 모른다.

다른 사람들과는 달리 무려 두 개의 무공을 내게 전수해준 것은.

공허 대사는 내가 산속을 벗어나기 전 마지막으로 만났던 어른이었다.

당시 들었던 그의 이야기를 정리해 보자면, 공허 대사 자신은 이런 식의 교육과 활용에 대해서 마지막까지 반대를 했고 또 그랬기에 지금까지 이곳을 찾는 것에 대해 망설였다는 것이다.

만약 강호의 상황이 급속도로 악화되지 않았더라면 결코 이곳을 찾지도 나를 만나지도 않았을 거라는 게 공허 대사의 이야기였다.

어쨌든 공허 대사의 가르침을 마지막으로 예전 교부, 교모들이 찾아왔다.

나는 그들을 따라 산을 벗어나 세상으로 나왔다. 그리고 옛 친구들, 이제는 살인 병기로 변해 버린 그 시절의 소년 소녀들을 지휘하는 책임자가 되었다.

비선, 사선행자의 우두머리.

그게 바로 나였다.

2. 파문

"그래. 자네의 사문(師門)이 어찌 되는지 궁금하군그래."

현일 성승의 그 질문을 듣는 순간 담우천은 잠시 옛 생각에 빠져들었다.

'그런 내게 사문이라는 게 있을 리가 없지. 아니, 나를 가르쳐 준 모든 사람들이 사부라면… 소림도 나의 사문이라고나 할까?'

담우천은 현일 성승의 눈빛에 놀란 나머지 엉겁결에 내공을 끌어올린 게 쑥스러웠던지 이내 내공을 풀며 말했다.

"특별히 사문이라고 할 곳은 없습니다만 어린 시절 연이 닿아 공허 대사께 심법을 전수받은 적이 있습니다."

"호오, 공허가?"

현일 성승은 믿어지지 않는다는 얼굴이 되었다.

"그 앞뒤 꽉 막힌 아이가 불문의 심법을 다른 자에게 전수했다고?"

"소림사의 것은 아니라고 하셨습니다. 장경각(藏經閣)에 모아둔 무공비급 중에서 그럴 법하다고 생각하여 익히려다가 포기했던 심법이라고 하셨습니다."

"흐음. 그 아이, 어렸을 적부터 책 읽기를 좋아하기는 했지. 장경각에 드나들 신분이 되어서는 매일 그곳을 떠나지 않았으니까, 별 이상한 잡동사니들에 눈이 갈 법도 하지."

현일 성승은 천하무림인들이라면 누구나 다들 탐을 내고 열망하는 장경각의 무공비급을 그저 별 이상한 잡동사니들이라고 치부하고는 다시 말을 이어 나갔다.

"그런데 이 아이가 자네의 아내를 납치했다 이건가?"

담우천은 침착하게 말했다.

"이야기를 하자면 길어지지만 짧게 말하면 그렇습니다."

"믿을 수 없는걸. 자네 정도의 실력을 지녔는데도 제 아내가 남에게 납치당하는 걸 막지 못했다니 말이네."

"소림 산문을 지키는 무승이 납치되었습니다."

갑작스런 담우천의 말에 현일 성승의 눈이 휘둥그레졌다.

"응, 그게 무슨 소리지?"

여전히 벽을 주시하고 있던 또 다른 성승, 현정 역시 움찔하는 기색이었다. 물론 희창도 마찬가지였다.

"언제요?"

동자승은 깜짝 놀라며 말했다. 담우천은 차분한 어조로 말을 이었다.

"만약 그렇다면 노스님 정도의 실력을 지니셨으면서도 제자들이 타인에게 납치당하는 걸 막지 못했다는 거겠죠. 정말 말이 안 되는 것입니까?"

"으음……."

현일 성승의 얼굴은 무슨 이야기를 하려는지 알 것 같다는 표정이었다.

아무리 강하더라도 자신과 멀리 떨어져 있을 때 일어나는 일은 결코 막을 수 없다는 뜻인 게다.

현일 성승은 잠시 떨떠름한 표정을 짓다가 조금은 매몰차게 말했다.

"어쨌든 정 이 아이와 이야기를 나누고 싶다면 침묵의 계와 묵언의 수가 끝날 때까지 기다리게."

"노스님!"

"허어, 희창 네 녀석은 끼어들지 말고 가서 네 늙은 사부와 소꿉장난이나 하거라."

희창은 볼멘 얼굴이 되었다. 담우천은 현일 성승의 얼굴을 똑바로 바라보며 말했다.

"이곳에서 피를 보기 싫습니다."

"응?"

현일 성승은 제 귀를 의심하듯 고개를 갸웃거렸다.

"지금 뭐라고 했느냐?"

"피를 보기 싫다고 말했습니다."

"허어, 누구 피?"

"내 앞을 막는 자의 피겠죠."

"설마 이 늙은이의 피를 말하는 겐가?"

"노스님께서 계속 내 앞을 막고 있다면… 아마도 그럴 것입니다."

"허어, 이 친구 좀 보게."

현일 성승은 어이가 없다는 듯이 현정 성승을 돌아보며 말했다.

"내가 백이십 년을 넘게 살아왔지만 내 앞에서 이렇게까지 무례하고 오만방자한 놈은 처음이라구. 내가 늙은 겐가, 아니면 세상이 변한 겐가?"

그러자 그때까지 아무런 말이 없던 현정 성승이 처음으로 입을 열었다.

"둘 다겠지. 십 년 전의 일을 떠올려 보게."

일순 현일 성승의 얼굴이 굳었다.

십 년 전, 스스로에 대한 약속과 계율을 깨고 참회동을 벗어났을 때, 소림의 제자들이 그들을 바라보던 눈빛과 표정이 떠올랐던 것이다.

존경과 경외 대신 비웃음과 조롱, 비난이 가득 담긴 눈빛. 피식 웃는 입꼬리.

정중한 인사 대신 애써 고개를 돌리고 외면하는 그들의 태도를 보며 느꼈던 그 먹먹함과 분노, 좌절과 억울한 감정이 지금 이 상황에서 다시 되살아나고 있었다.

"그 후로 십 년이나 넘게 지났네. 사람들은 더욱 오만방자해졌을 것이고 존장(尊丈) 알기를 우습게 여기겠지. 겸손 대신 무례를, 자신감 대신 오만함을 미덕으로 아는 세상이 되었을 게고. 그러니 저 아이가 자네의 피를 보고 싶지 않다고 말하는 것도 당연한 거겠지."

한번 입을 열기가 어려워서 그렇지, 말문이 터지자 현정 성승의 이야기는 막힘이 없었다. 현일 성승은 그의 말에 연신 고개를 끄덕이며 분통을 터뜨렸다.

"그렇지. 그래, 정말이지 세상이 더럽게 변했네그래. 이제는 하룻강아지가 범 무서운 줄 모른다는 속담도 없어졌을 것 같네."

담우천은 무심한 표정으로 그들의 대화를 지켜 듣다가 불쑥 입을 열었다.

"이렇게 노스님들의 만담을 듣고 있을 시간이 없습니다. 비켜주시든가, 아니면……."

담우천이 말꼬리를 흐렸다.

현일 성승이 얼굴 가득 노기를 담은 채 그 말꼬리를 붙잡았다.

"아니면?"

담우천은 여전히 침착하게 말했다.

"괜한 피를 보시게 될 겁니다."

"허허허!"

현일 성승의 웃음소리가 토굴 안에 쩌렁쩌렁 울려 퍼졌다. 흙무더기가 후두둑 떨어지고 지면이 부르르 떨렸다.

희창이 눈살을 찌푸리며 귀를 막았다.

묵언 수행을 하는 척 가부좌를 틀고 있던 영도 선사마저 움찔거렸다.

단지 그 웃음만으로 천하를 지배할 수 있을 정도로 현일 성승의 내공은 지고광대(至高廣大)했다.

하지만 담우천은 여전히 담담한 얼굴로 현일 성승을 내려다보고 있었다.

어찌 보면 한없이 오만해 보이는 표정, 하지만 어디까지나 담담하고 무심한 얼굴이었다.

현일 성승이 웃음을 멈췄다. 동시에 그의 표정이 달라졌다.

"어이구, 무릎이야."

그는 천천히 몸을 일으켜 세웠다.

우두둑, 뼈마디 뒤틀리는 소리가 들릴 것 같은 움직임이었다.

담우천보다 머리 하나는 적어 보이는 체구.

하지만 현일 성승이 일어나 자리에 우뚝 서자 그의 모습이 전혀 다르게 보였다.

그는 대지에 굳건히 뿌리를 박고 서 있는 거대한 나무와도 같았다.

현일 성승에게는 세상의 모든 것이 그를 중심으로 돌아갈 것만 같은 존재감이 있었다. 그의 그 조그마한 체구에서는 모든 족속을 복종시키고 굴복시킬 수 있는 위압감이 뿜어져 나왔다.

그저 자리에서 일어나 우뚝 서는 것만으로도 이렇게 모습이 달라질 수 있다니, 어쩌면 이게 바로 진정한 힘의 위력일지도 몰랐다.

그러나 담우천은 여전히 무감각한 표정이었다. 이미 이정도 기개와 자존감과 위세를 지닌 자와 싸워본 적이 있다는 것처럼, 담우천은 표정 하나 변하지 않은 채 현일 성승의 눈을 정면으로 응시하고 있었다.

그게 의외인 모양이었다. 현일 성승은 한없이 깊으면서도 거대한 힘이 담긴 눈빛으로 담우천을 쏘아보다가 문득 입을 열었다.

"어쩐지 네 녀석의 몸에서 피냄새가 진동한다 싶었더니 공적십이마나 그에 버금가는 자들과 싸워보았나 보군그래."

물론 담우천은 공적십이마 중 몇몇과 싸워본 적이 있었다.

일대일의 정당한 비무는 아니었지만 그중 한 명을 죽인 적도 있었고, 또 그중 한 명에게 죽음에 가까운 중상을 입힌 적도 있었다.

그래서 담우천은 이 자신의 몸조차 온전하게 주체할 수 없는 거대한 압박과 압력이 어디에서 오는지 잘 알고 있었다.

이 자그마한 체구의 늙은 중이 얼마나 강한 인물인지도 확실히 느낄 수 있었다.

하지만 담우천은 대답하지 않았다. 말할 필요가 없어서 입을 열지 않는 건 아니었다.

단지 입을 열면, 지금 자신을 향해 뿜어져 나오는 엄청난 압력을 견디지 못하고 그대로 무너질 것만 같았기 때문이었다.

'공적십이마에 비해 조금도 뒤처짐 없는 실력이다. 만약 이들이 조금 더 일찍 참회동을 벗어났더라면, 정사대전은

좀 더 빨리 종결되었을 것이다.'

담우천은 내심 그렇게 생각하는 한편, 크게 숨을 들이마시며 호흡을 가다듬었다.

비록 천하의 둘도 없는 강적을 앞에 두고 있었지만 결코 두렵거나 무섭지는 않았다.

오히려 가벼운 흥분감이 그의 전신을 휘감기 시작했다. 강자와의 승부, 그것도 일대일의 결투. 실로 오래간만에 담우천의 호승심이 불타오르는 것이다.

"흥, 대꾸할 필요도 없다 이건가? 좋아. 버르장머리 없는 어린 친구에게 늙은이의 손맛이 얼마나 매서운지 단단히 보여줌세."

현일 성승의 말에 희창이 갑자기 앞으로 뛰어나왔다. 동자승의 얼굴은 울상이 되어 있었다.

"싸우시면 안 돼요!"

현일 성승이 그를 노려보았다.

희창은 금방이라도 울 것 같은 표정으로, 하지만 여전히 또랑또랑한 목소리로 말했다.

"참회동에서 소란을 부리거나 싸우는 자는 승적을 박탈하고 파문한다!"

3. 충격

일순 현일 성승의 얼굴이 일그러졌다.

희창의 말에 잊고 있던 소림의 내규(內規)가 생각났던 것이다.

게다가 그 내규는 젊은 시절의 현일 성승 본인이 제안하여 확립된 게 아니던가.

"희창아, 뭘 잘못 알고 있구나."

잠시 머뭇거리던 현일 성승은 애써 웃으며 말했다.

"지금 그 녀석과 나는 싸우려는 게 아니다. 설마 이 나이에 증손자뻘도 되지 않는 아이와 치고받고 싸울 거라고 생각하는 건 아니겠지?"

희창은 눈을 가늘게 떴다. 현일 성승은 더욱 부드러운 목소리로 말했다.

"나는 그저 뭐랄까? 그래, 저 아이가 어느 정도의 실력을 지녔는지 확인하고 싶어서 대련하고자 하는 것뿐이다. 대련이라는 말이 무슨 뜻인지는 잘 알지?"

"당연하죠."

"그래. 싸움도 비무도 아닌 대련이라는 게다."

대련(對鍊)은 두 사람이 서로 약간의 거리를 둔 채 공격과 수비를 번갈아 하면서 자세를 교정하고 기술을 연마하는 걸 두고 하는 말이다.

비무(比武)는 말 그대로 서로의 무공 실력을 겨루는 것으로, 그저 순수하게 동작만 펼치는 대련과는 달리 가끔씩 내공까지 사용해서 싸우는 경우도 있었다.

"그렇다면 내공을 사용하지 않으실 건가요?"

희창의 질문에 현일 성승은 애매한 표정을 지었다.

동시에 토굴 공간을 가득 메웠던 그의 기세가 눈 녹듯 사라졌다.

현일 성승은 한숨을 쉬며 말했다.

"이제 되었느냐?"

희창은 눈을 동그랗게 뜨고 물었다.

"그럼 어떤 식으로 대련을 하실 생각인데요?"

현일 성승의 얼굴에는 슬슬 귀찮다는 표정이 떠올랐다. 이제는 저 하룻강아지 녀석에서 뜨거운 맛을 보여주겠다는 생각조차 사라졌다.

그때였다.

담우천이 한 가지 제안을 해왔다.

"제 일검을 피한다면 물러나겠습니다."

일순 현일 성승의 얼굴이 딱딱하게 굳어졌다. 다시 이 건방진 담우천에 대한 분노가 치밀어 올랐다. 현일 성승은 요놈 봐라, 하듯 쳐다보면서 입을 열었다.

"네가 그리 대단하다고 생각하느냐? 차라리 이렇게 하

자. 네 일검에 내가 한걸음이라도 움직인다면 내가 패배한 것으로 말이다."

"패배나 승리 따위에는 관심이 없습니다. 그저 나는 저자와 이야기를 하고 싶을 따름입니다."

현일 성승은 점점 화가 났다. 그는 고개를 홱 돌리며 영도 선사를 향해 소리쳤다.

"내가 지면 네 녀석이 입을 열어야 한다. 알겠느냐?"

영도 선사는 움찔거렸지만 입을 열어 대답하지는 않았다.

"고개라도 끄덕여라!"

현일 성승의 노한 목소리에 그는 망설이다가 천천히 고개를 끄덕였다.

현일 성승은 담우천을 돌아보며 물었다.

"어떠냐? 이러면 되었느냐?"

담우천은 고개를 끄덕였다. 그러자 현일 성승은 이번에는 희창을 바라보며 물었다.

"자, 이건 싸우는 게 아니지?"

희창도 고개를 끄덕였다.

현일 성승은 그제야 만족한 듯 다시 담우천을 쳐다보았다.

순간, 잠시 사라졌던 그의 기세가 벼락처럼 일어나 담우천의 어깨를 짓누르기 시작했다.

담우천은 그 기세에 대항하지 않았다.

어깨를 누르면 눌리고 가슴을 압박하면 호흡을 들이마셨다.

'호오, 요놈 봐라.'

현일 성승의 눈빛이 반짝였다. 재미있는 장난감을 발견한 개구쟁이의 눈빛. 좀 더 가지고 놀고 싶다, 좀 더 부숴버리고 싶다는 욕구가 현일 성승의 저 마음 깊은 속에서 발아(發芽)했다.

바로 그 순간이었다. 무언가 현일 성승의 목젖을 파고들었다.

보이지 않고 들리지 않으며 느껴지지 않는 것.

하지만 화살보다 섬뜩하고 창보다 날카로우며 칼보다 강렬하게 그의 목젖을 꿰뚫고 짓쳐들어오는 무언가가 있었다.

현일 성승은 저도 모르게 허리를 뒤로 꺾었다. 하지만 그것만으로는 그 무언가를 피할 수 없었다.

현일 성승은 뒤로 한 걸음, 오른발을 떼며 어깨를 살짝 비틀었다.

그제야 소리가 일었다. 스팟! 허공을 가르는 날카로운 소리가 들렸다.

뒤늦게 빛이 보였다.

번쩍!

공간과 공간을 격하고 일직선으로 뻗어 나오는 섬광.

그리고 한껏 응축되었다가 일시에 폭발하듯, 담우천의 적의와 살의가 가득 찬 살기가 그제야 느껴졌다.

그 모든 것이 하나로 모인 검기가 현일 성승이 방금 전까지 서 있었던 곳을 강렬하게 찌르고 되돌아갔다.

그것은 실로 놀라운 위력의, 믿을 수 없는 빠르기를 지닌 쾌검이었다.

현일 성승은 아슬아슬하게 위기에서 벗어나는 순간 저도 모르게 본능적으로, 반사적으로 손을 뻗었다.

그의 손과 담우천의 사이에는 약 육 척(尺)가량의 텅 빈 간격이 있었다.

그러나 현일 성승이 손을 뻗는 동시에 육 척의 거리를 격하고 담우천은 그 손에 강타당한 것처럼 허공을 날아 뒤로 나가떨어졌다.

콰앙! 하는 강렬한 발출음도, 타악! 하는 둔탁한 격타음도 없었다.

그저 담우천은 혼자서 뒤로 훌쩍 몸을 날려 떨어지는 것처럼 지면에 나동그라진 것이다.

"관음무영장(觀音無影掌)!"

희창이 저도 모르게 소리쳤다. 그리고는 현일 성승을 돌아보며 발을 동동 굴렀다.

"치사해요! 성승께서 거짓말을 하셨어요! 싸우지 않겠다고 하셔놓고서 무려 소림사의 칠십이예(七十二藝) 중 상위 열 손가락 안에 드는 관음무영장을 펼치셨어요!"

"이런이런……."

현일 성승도 난감한 듯 제 손을 들여다보며 혀를 찼다.

애당초 그에게는 전혀 손을 쓸 생각이 없었다. 담우천이라는 애송이가 펼치는 검 정도는 그저 목과 허리를 움직이는 것만으로 가볍게 피해낼 생각이었다.

하지만 저도 모르게 발을 움직였고 손이 나갔다. 정말이지 생각지도 못한 일이 벌어지고 만 것이다.

"괜찮다, 나는."

담우천이 옷을 털며 자리에서 일어났다.

창백한 안색이나 입가에 맺힌 핏물을 보면 그리 괜찮아 보이지는 않았지만, 그는 평온하게 일어나서 현일 성승을 향해 말했다.

"내가 이긴 것 같습니다만."

현일 성승은 이를 악물었다.

창피함과 부끄러움이 그의 얼굴을 벌겋게 물들이고 있었다.

"창피한가 보군."

뒤돌아 앉아 있던 현정 성승이 천천히 몸을 돌리며 입을 열었다.

"하지만 창피할 것 없네. 저 녀석이 펼친 쾌검은 확실히 일품이었으니까. 그래, 그 쾌검식을 뭐라 하느냐?"

현정 성승은 담우천을 쳐다보며 물었다. 담우천은 담담하게 말했다.

"무극섬사입니다."

"아주 빠르더군. 무당의 대라일섬(大羅一閃)과 빠르기는 비슷하고 부드러움은 모자라지만 훨씬 더 강력하더군."

대라일섬은 무당파 최고의 쾌검식으로 장로는 되어야 겨우 펼칠 수 있다는 검법이었다.

담우천은 현정 성승의 그런 비교를 묵묵히 듣고 있었다. 겉으로는 여전히 무심한 얼굴이었다. 그러나 사실 그는 상당히 큰 심적 타격을 입은 상태였다.

'내 무극천사를 완벽하게 피했다. 거기에 아주 제대로 된 반격까지 당했어.'

무극섬사는 그의 다섯 무공 중에서도 가장 으뜸으로 치는 절기였다.

지금껏 그 어떤 자라 하더라도 지금의 현정 성승처럼 완벽하게 피해낸 자가 없었다.

비록 협공 중이라고는 하지만, 어쨌든 저 공적십이마의 우두머리였던 금강철마존조차 담우천의 무극섬사에 중상을 입지 않았던가.

그렇게 자신하고 있던 무공이 파훼당했던 것이다. 담우천은 관음무영장에 격중당한 것보다도 무극섬사의 전설이 깨졌다는 점에 더 큰 충격을 맛보고 있었다.

"쳇, 어쨌든 진 건 진 걸세."

손사래를 치며 현정 성승의 말문을 막은 현일 성승이 삐딱한 어조로 말했다. 그리고는 영도 선사를 돌아보며 말을 이어 나갔다.

"일이 이렇게 되었으니 어쩔 수 없다. 약속을 지킬 수밖에 없지 않느냐?"

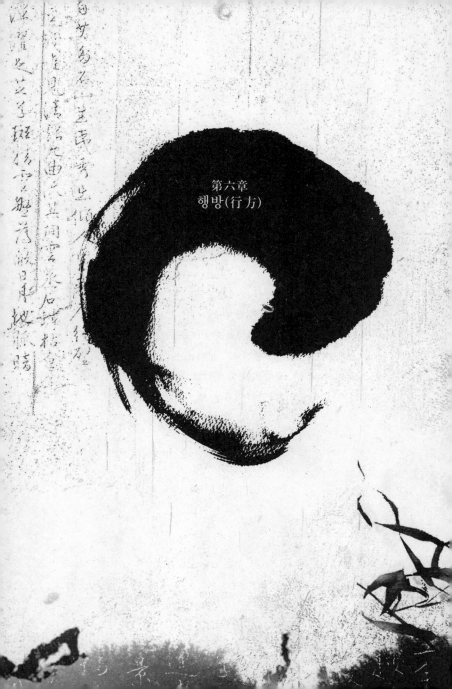

第六章
행방(行方)

"왜 머무를 수가 없소?"

담우천은 의아하다는 듯이 말했다.

"세속에서 묻은 더러운 먼지를 쓸어내고 닦아주는 게 불문(佛門)이 하는 일이 아니오? 품안으로 들어온 새는 죽이거나 내쫓지 않는 게 불문 아니오? 지은 업보와 죄악에 대해 참회하고 개선하면 아무리 악한 자라 하더라도 부처가 될 수 있는 곳이 불문 아니오?"

1. 불문(佛門)이란 곳은

어쩔 수 없으니 약속을 지키라는 현일 성승의 말에 영도 선사는 길게 한숨을 내쉬었다.

그는 천천히 자리에서 일어나 몸을 돌렸다. 담우천은 상념에서 깨어나 그를 바라보았다. 영도 선사는 어깨를 축 늘어뜨린 채 입을 열었다.

"보살펴 주셔서 감사합니다."

영도 선사는 현일 성승과 현정 성승에게 인사한 후 담우천을 힐끗 보고는 토굴 밖으로 걸어 나갔다. 그걸 본 현일 성승이 황급히 물었다.

"어딜 가려는 게냐?"

"대화를 나누려 밖으로 나갑니다."

"예서 하면 안 되느냐?"

"이건 저자와 소승간의 사적인 일입니다. 단둘이서 대화를 나누고 의견을 조율하며 협의해야 할 일인데, 그렇다고 두 분 어르신께 밖으로 나가라고는 할 수 없잖습니까?"

영도 선사의 말에 현일 성승은 마땅한 말을 찾지 못한 듯 머뭇거리다가 '쳇!' 하며 자리에 앉았다.

"여하튼 소란스럽기 짝이 없구나. 두 번 다시 이곳으로 들어오지 말거라!"

영도 선사는 고개를 숙였다가 다시 걸음을 옮겼다.

담우천과 희창도 두 성승에게 인사를 한 후 그 뒤를 따랐다.

희창이 담우천의 뒤에 바짝 달라붙으며 소곤거리듯 물었다.

"관음무영장에 격중당했는데 괜찮으세요?"

담우천은 손을 들어 동자승의 머리를 쓰다듬으려다가 다시 내려놓으며 말했다.

"손속을 봐주셔서 그리 중한 부상은 입지 않았다."

"혜에, 정말요? 현일 성승께서 그렇게 인자한 분은 아니신데요?"

"다 들린다, 이눔!"

동굴 안쪽에서 현일 성승이 버럭 소리쳤다. 희창은 어깨를 으쓱이고는 서둘러 동굴을 빠져나왔다.

동굴 밖에는 십여 명의 스님이 기다리고 있다가 그들을 보고는 안도의 한숨을 내쉬었다. 담우천은 희창을 돌아보며 말했다.

"너는 잠시 저들에게 가 있거라."

"저도 함께 들으면 안 되는 건가요?"

희창이 애원했지만 담우천은 모진 눈빛으로 동자승을 돌려보냈다. 희창이 투덜거리며 스님들 곁으로 돌아갔다.

영도 선사는 마치 산책이라도 하는 양 느긋하게 산등성이를 따라 걷기 시작했다.

담우천이 그 뒤를 따랐다.

"대단하더군."

문득 영도 선사가 입을 열었다.

"은월천사를 죽이는 것도 모자라 저 소림오로의 현일 성승을 패퇴시키다니 말이야."

담우천이 조용하게 말했다.

"진 건 내 쪽이다."

"아니, 승부는 현일 성승이 움직이느냐 움직이지 않느냐였으니까. 그다음에 벌어진 일은 승부 밖의 결과에 불과할 뿐이지."

"뭐, 어쨌든……."

담우천은 영도 선사가 걸음을 멈추자 따라 멈추며 말했다.

"이제 내 아내의 행방을 말해줄 때가 된 것 같은데."

그러나 영도 선사는 말하지 않았다.

그는 몸을 돌려 산등성이 아래, 웅장한 자태로 우뚝 서 있는 소림사의 전경을 내려다보았다.

천하 무공의 근원지이자 강호인들의 추앙을 받는 성지(聖地)인 소림사.

잠시 동안 그 전경을 내려다보던 영도 선사가 길게 한숨을 쉬며 말했다.

"은월천사가 날 죽이려 드는 걸 자네도 보았지?"

담우천은 대답하지 않았다.

"어쩌면 하고 미리 준비는 하고 있었지만, 설마 하는 마음이 없지는 않았네. 그러다가 막상 은월천사가 내게 강침을 뿌리는 걸 보고는 가슴 한쪽이 무너져 내리는 충격을 받았다네. 정말 큰 충격이었네."

영도 선사의 목소리가 처연하게 떨려왔다.

"평생 동안 그들을 위해서 살아왔는데… 그들의 명령과 지시를 철저하게 이행했는데… 단지 내가 자네에게 잡힐까 봐 두려워 살인멸구를 하려 들다니."

담우천은 그의 시선을 따라 소림사의 전경을 내려다보았
다.

어둠이 천천히 개는 가운데 소림사가 기지개를 켜고 일
어나고 있었다.

"비록 잠깐 동안이기는 하지만 참회동의 좌선을 통해서
많은 걸 생각했네. 우울했지. 내 값어치가 겨우 그 정도밖
에 되지 않나 싶어서……. 그동안 내가 충성을 다하고 모든
걸 다 바친 결과가 이건가 싶어서 말이야."

담우천은 머뭇거리다가 입을 열었다.

"조직의 생리가 다 그러한 법이오."

"그렇지. 달면 삼키고 쓰면 뱉는 게 세속의 행태이기는
하지. 그걸 알고는 있지만……."

게서 영도 선사는 입을 다물었다.

담우천은 그를 재촉하지 않았다.

그저 담우천은 소림사의 스님들이 탑을 도는 모습을, 연
무장에 하나둘씩 모여서 수련 준비를 하는 광경을 물끄러
미 내려다볼 뿐이었다.

"혹시 내 목숨을 보장해 줄 수 있겠는가?"

문득 영도 선사가 물어왔다.

"은월천계는 반드시 나를 죽이려 할 것일세. 하지만 자네

라면 저 은월천계로부터 내 생명을 지켜줄 수 있을 것 같은데. 그렇다고만 한다면 내 순순히 모든 것을 털어놓겠네."

담우천은 고민하지 않고 곧바로 대답했다.

"보장할 수 없소."

영도 선사의 얼굴에 실망의 기색이 스며들었다. 담우천은 무정한 목소리로 말했다.

"지금 나는 나를 지키고 내 아내를 찾는 것만으로도 벅차오. 사실 그대를 지켜줄 수 있다고 거짓말을 할 수도 있소. 그러고 싶기도 하오."

영도 선사는 입술을 깨문 채 담우천을 쳐다보았다.

"하지만… 지키지 못할 약속은 하지 말라는 게 내 신조요. 그러니 그대의 부탁을 들어줄 수가 없소."

"그, 그렇다면 나 역시 자네 아내의 행방을 말하지 않을 것이야!"

"왜 내게 신변을 보장받으려고 하오?"

이번에는 담우천이 물었다.

"소림이라면, 저 현일 성승과 현정 성승이라면 외려 나보다 더 듬직하게 그대를 보호해 줄 텐데."

영도 선사가 한숨을 내쉬며 말했다.

"다 자네 때문이지 않은가? 자네가 내 비밀을 모두 밝히는 바람에 더 이상 이곳에 머무를 수가 없게 되었으니까 말이지."

"왜 머무를 수가 없소?"

담우천은 의아하다는 듯이 말했다.

"세속에서 묻은 더러운 먼지를 쓸어내고 닦아주는 게 불문(佛門)이 하는 일이 아니오? 품안으로 들어온 새는 죽이거나 내쫓지 않는 게 불문 아니오? 지은 업보와 죄악에 대해 참회하고 개선하면 아무리 악한 자라 하더라도 부처가 될 수 있는 곳이 불문 아니오?"

오래간만에 담우천의 이야기가 길어지고 있었다. 영도 선사는 제 발밑을 바라보며 그의 이야기를 들었다.

"지은 죄가 많다면 모두 내려놓아라. 세속에서 묻어온 먼지와 때가 많다면 역시 깨끗하게 닦아라. 그대의 이중 신분이 들통 난 것 때문에 동료 선후배들의 눈이 무섭다면 그 부끄러움과 두려움을 벗어 던져라. 아마······."

담우천은 힐끗 참회동 쪽을 바라보며 말을 이었다.

"아마 현일 성승이나 현정 성승이라면 이렇게 이야기했을 것 같은데. 그렇지 않소?"

영도 선사는 입술을 잘끈 씹었다. 그는 고개를 숙인 채 제 발밑을 기어가는 개미들의 행렬을 내려다보면서 뭔가 한참을 생각했다.

담우천은 서두르지 않았다. 자신이 할 수 있는 건 다했다. 만약 그래도 영도 선사가 입을 열지 않는다면 남은 건 단 하나였다.

어린 시절 자신이 당했던 그 참을 수 없는 고통의 고문. 그 고문을 고스란히 돌려줄 수밖에 없었다.

"나 같은 땡추보다 자네가 더 불문에 어울리는군."

영도 선사가 오래간만에 입을 열며 담우천을 바라보았다. 왠지 모르겠지만 그의 얼굴은 조금은 밝게 느껴졌다.

"다시 돌아가서 빌어야겠네. 성승께서는 두 번 다시 돌아오지 말라고 하셨지만 다리를 붙잡고 애원하면 설마 걷어차지는 않으시겠지."

그의 입가에는 웃음기마저 맴돌고 있었다.

"참회동으로 돌아가서 면벽수련을 하겠네. 그게 지금 상황에서는 내게 가장 좋은, 그리고 내가 선택할 수 있는 유일한 방법인 것 같으니까."

담우천은 묵묵히 고개를 끄덕였다.

지금 상황에서는 확실히 그 방법밖에 없었다.

은월천계를 피해 숨을 곳이 소림사의 참회동 말고 또 어디에 있겠는가.

'지금껏 보아온 결과, 은월천계는 자신들의 손익을 철저하게 따진다. 조금이라도 자신들이 손해 보는 짓은 결코 하려고 하지 않지.'

은월천계라면, 영도 선사를 죽이려고 마음만 먹는다면 참회동의 두 성승을 죽일 수도 있다.

하지만 그 과정 속에서 수많은 인력을 잃게 되는 건 당연할 일.

영도 선사를 죽여서 얻는 이득과 그 와중에 입은 손해의 경중을 따져 본다면 결코 시도하지 않을 게 분명했다.

게다가 담우천에게 비밀을 털어놓은 영도 선사의 가치는 동전 한 푼도 되지 않으니까.

"말해주겠네, 자네가 알고 싶어 하는 걸."

영도 선사의 입이 열렸다. 담우천은 저도 모르게 마른침을 꿀꺽 삼켰다.

이제야 비로소 자하의 행방을 알게 되는 것이다.

2. 과거(過去) 이(二)

영도 선사는 기억을 되살리려는 듯 지그시 눈을 감은 채 말을 이어 나갔다.

"상화택회 당시 그녀를 지명한 게… 제갈가문(諸葛家門)이지, 아마? 그래, 오래간만에 마음에 드는 계집을 골랐다고 제갈 총관이 기뻐하던 게 기억나는군그래. 아, 제갈가문은 저 강호의 제갈세가(諸葛世家)와는 전혀 다른 곳이네. 혹시 무적가(無敵家)라고 들어봤나?"

영도 선사의 질문이 있기 전, 그러니까 '당시 제갈가문에서 지명했지'라는 말을 듣는 순간, 담우천의 얼굴은 새하얗게 변했다가 이내 원상태로 회복했다.

너무나 찰나의 일이라 영도 선사조차 알아차리지 못한 변화.

"흠, 표정을 보아하니 모르나 보군."

담우천의 얼굴빛을 살피던 영도 선사는 조금은 실망했다는 듯이 중얼거렸다.

"은월천사를를 죽이고 또 현일 성승까지 패퇴시킨 실력치고는 의외로 견문이 형편없군그래. 아무리 그들이 다른 사대가문과 달리 강호 출입을 자제한다고는 하지만 그래도 천하의 무적가를 모를 줄이야."

하지만 영도 선사는 틀렸다.

확실히 담우천은 무적가에 대해서, 그리고 제갈가문에 대해서 그 누구보다도 더 잘 알고 있었던 것이다.

'빌어먹을. 빌어먹을, 빌어먹을!'

지금 담우천은 그답지 않게 마음속으로 험한 욕설을 마구 퍼붓고 있었다.

'왜 그들이? 왜, 왜 하필이면!'

담우천은 소리없는 절규를 내뱉고 있었다.

　　　　　＊　　　　＊　　　　＊

　무적가(無敵家).

　이른바 태극천맹의 주인이라 불리는 오대가문 중의 하
나.

　천왕가(天王家), 건곤가(乾坤家), 철목가(鐵木家), 금해가(金
海家)와 더불어 정사대전을 승리로 이끌었고 이후 태극천맹
을 만든 주력세력 중의 한 곳.

　태극천맹을 운영하고 무림 위에 군림하려는 다른 네 가
문들과는 달리 무공의 향상 등 가문의 내실을 다지는 데 더
힘을 기울이는 곳이 바로 무적가이기도 했다.

　또한 무적가는 나와도 깊은 관련이 있었다. 정사대전
시절, 정파연합이 은밀하게 운영하던 비선이라는 특무조
직(特務組織)의 수장이 바로 무적가의 가주였으니까.

　산속에서 내려온 후, 나는 수많은 고아를 모처(某處)에 모
아놓고 훈련을 시켰던 이들이 저 오대가문이라는 사실을
알게 되었다.

　즉, 오대가문은 정사대전이 발발하기 이전부터 우리들을
미리 준비시키고 있었던 것이다.

　그들은 과연 정사대전이 발발할 줄 예측하고 있었을까.

아니면 또 다른 용도로 우리를 사용하기 위해 키우다가 때마침 정사대전이 발발한 것일까.

그 깊은 속사정은 모르겠고 또 생각하지도 않았다. 그저 나는 주어진 임무에 충실할 따름이었으니까.

나를 비롯한 아이들은 어느새 한 사람의 무인 몫을 충분히 해낼 수 있는 청년, 처녀들로 자라 있었다. 비선의 수장 무적가주의 명령이 떨어지면 우리들은 조를 편성해 움직였고 그 임무를 수행했다.

정사대전은 치열했으며, 아군은 극도의 수세에 몰린 상황이었다.

우리는 쉴 새 없이 전장 곳곳을 누비며 목표를 암살하거나 혹은 협살했다.

다섯 명의 힘으로 불가능한 목표라면 열 명이, 열 명이 부족하다면 스무 명이 달라붙었다.

목표를 해치우고 임무를 완성하는 과정에서 우리들 또한 속절없이 죽어 나갔다. 수백 명이 넘던 아이들이, 정사대전이 종결되던 해에는 불과 이십 명도 채 남지 않게 되었으니까.

하지만 그 스무 명도 안 되는 젊은이들은 그야말로 백전노장(百戰老將), 일당백(一當百)의 실력을 지닌 초극강의 고수로 자라나 있었다.

지옥의 틈바구니에서 악착같이 바둥거리며 살아남은 이들이었다.

우리들은 강했다. 우리에게는 거마(巨魔)들과 효웅(梟雄)들을 죽이고 또 추격하면서 급속도로 늘어난 실력과 기지와 경험이 있었다.

우리가 이겨 나갈수록, 관록이 쌓여 태산처럼 높아지고 강물처럼 넓어질수록, 사람들이 우리를 바라보는 시선이 점점 달라졌다.

처음에는 기특함과 대견함이 깃든 눈빛이었지만 그것은 곧 감탄과 놀라움의 빛으로 바뀌었고 다시 경외와 존경의 빛으로 바뀌었다.

그러나 마지막에는 질시와 두려움, 공포가 사람들의 얼굴을 잠식하는 걸 우리는 볼 수 있었다.

그때 제대로 생각하고 신중하게 고민한 다음 과감하게 행동으로 옮겼어야 했다.

하지만 우리는, 아니, 나는 망설였고 믿었다. 지금껏 사선을 함께 걸어온 동료들이었고 동지였다. 부모자식과도 같은 상관이고 수하라고 생각했다.

그래서 나는 그날, 그러니까 마지막 대규모 습격작전이 있던 그날 아침, 살아남은 비선의 동료들을 불러 이런 이야기까지 했던 것이다.

"비록 부모는 모르지만 지금 우리에게는 부모보다 더 우리를 아끼고 사랑하는 이들이 있다. 비록 우리에게 피를 나눈 형제는 없지만 피보다 더 진한 전우애가 우리의 몸속에 흐르고 있다. 기억하라, 우리는 곧 하나임을."

하지만 믿었던 이들에게 뒤통수를 얻어맞은 채, 적이 아닌 우리들에 대한 기습작전의 포위망 속에서 나는 내가 얼마나 어리석었는지를 깨달았다.

그리고 달면 삼키고 쓰면 뱉는다는 이 세상의 더없는 진리 앞에 무릎을 꿇어야만 했다.

그때 무적가주는 내게 이렇게 말했다.

"미안하구나. 끝까지 반대했지만 내 힘만으로는 막을 수가 없었다. 품에 거두기에는 너희가 너무 자랐다는 게 다른 가문 사람들의 생각이구나."

내 상관이자 비선 조직의 수장이며 우리들의 아버지였던 그는 눈물을 흘리면서 말했다.

"미안하다, 정말 미안하다. 훗날 지옥에서 사죄하마."

그는 울면서 우리를 향한 몰살의 명령을 내렸다. 수백 명의 무인이 우리를 죽이기 위해 덤벼들었다.

나는 살아남았다. 나 이외의 동료들도 몇 명이 살아남았다.

기적적으로 포위망을 뚫고 다시 재회한 우리들은 앞날에

대해서 갑론을박을 벌였다.

복수를 주장하는 이도 있었다. 무투광자가 그 대표적인 사람이었다.

무적가주를 설득하여 태극천맹과 화해하자는 이들도 없지 않았다.

나는…….

그때의 나는 혼란에 가득 찬, 아직 어른이 되지 못한 젊은이에 불과했을 따름이었다.

3. 고민

아침햇살이 아지랑이처럼 피어올랐다.

이제는 완연한 봄의 날씨, 수풀 옆으로 이름 모를 꽃들이 얼굴을 내밀고 있는 가운데 담우천은 산길을 따라 천천히 걸어 내려왔다.

소림사의 일은 대충 정리가 되었다. 은월천계의 이야기는 나오지 않았지만 영도 선사는 자신이 처자들을 납치하여 인신매매를 했다는 사실을 시인했고, 결국 계율원에서 일 년 이상의 감금을 당한 후 참회동의 한 토굴에서 평생 동안 면벽수련을 하는 것으로 결론이 났다.

사실 영도 선사는 소림사의 제자가 아니었지만 그럼에도

불구하고 소림사의 내규와 계율에 따라서 그를 처리한 데에는 담우천과 희창을 비롯한 여러 스님들의 탄원이 있었기 때문이었다.

오랜 토의 끝에 소림사의 수뇌부는 영도 선사를 자신들의 동료로 받아달라는 그들의 청원을 받아들였고, 그런 까닭에 영도 선사는 새롭게 소림의 제자로 인정받게 된 것이다.

나름대로 깔끔하게 일이 정리된 상태에서 소림사를 출발하여 산을 내려오는 담우천이었지만, 왠지 그의 얼굴은 밝지 않았다.

은월천계를 피해 소림사에 자리를 잡은 영도 선사에게 과거 자신의 모습이 투영된 까닭이었다.

토사구팽(兎死狗烹).

그렇다.

토끼가 죽으면 사냥개는 필요 없는 법이었다.

'그래도 나보다는 낫군. 안주할 곳이 있으니 말이지.'

담우천은 씁쓸한 표정을 지은 채 그렇게 생각하다가 문득 인상을 찌푸렸다. 배에서 꼬르륵거리는 소리가 들려왔던 것이다.

생각해 보니 벌써 이틀이 넘도록 아무것도 먹지 못한 상태였다.

물론 닷새 정도는 물 한 모금 마시지 않고도 버틸 수 있는 훈련을 받기는 했지만, 그건 어디까지나 전시(戰時)에서의 일이었다.

아무리 자하를 찾는 일이 급하다고 하더라도 한 끼 식사를 위해 시간을 내지 못할 리는 없었다.

산을 내려온 그는 인근 마을의 객잔을 찾아 국수와 만두로 가볍게 한 끼를 때웠다.

그는 식사를 하는 동안에도 여전히 표정이 좋지 않았다. 영도 선사에게서 들었던 이야기가 그의 뇌리에서 떠나지 않는 까닭이었다.

"무적가와는 꽤 오랜 교류가 있었네. 내가 이쪽 일을 시작하기 전부터 그들은 야시의 중요한 고객이었지."

그때 담우천은 자신도 모르게 과거 모처에 모여 있었던 수많은 고아에 대해서 떠올릴 수밖에 없었다. 자신을 포함한, 두어 살 또래의 근골 좋아 보이는 아이들이 부모 대신 교부와 교모에게 길러지던 그때 그곳.

그 고아들을 어떻게 모았을까.

'그 정도 되는 아이들을 야시에서 사 모을 정도라면⋯ 그렇게 오랜 교분을 나눌 정도라면 분명 무적가는 은월천계

에 대해서 잘 알고 있을 것이다. 어쩌면 다른 가문들도 마찬가지겠지.'

일반 세상 사람들은 은월천계에 대해서 전혀 알지 못한다. 은월천계의 하부조직 중 하나인 야시에 대해서도 모르는 사람들이 대부분이다.

은월천계는, 세상을 움직이고 지배하는 자들 몇몇만이 알고 있는 극비에 속했다.

'어쨌든 초점을 집중하자. 지금은 은월천계가 내 상대가 아니다.'

담우천은 젓가락을 내려놓으며 생각을 이어 나갔다.

'무작정 무적가를 찾아가서 내 아내를 내놓으라고 해야 하는가? 아니면 몰래 담을 넘어 그녀를 빼와야 할까?'

담우천은 소림사를 찾기 전에 했던 고민과 비슷한 고민을 다시 해야만 했다.

언제나 그런 법이다. 한 가지 일이 해결되면 또 다른 고민거리가 생긴다.

그게 인생인 것이고 그렇게 살아가는 게다.

죽을 때까지, 인생의 끝에서 마지막 눈을 감을 때까지 고민은 계속 이어지는 것이다.

담우천의 경우도 마찬가지였다.

'예서 무적가까지는 빨라도 한 달 정도 걸리는 거리. 반면 무한에 들러 아이들을 만난 다음 무적가로 가면 한 달 열흘 정도 걸릴 것이다. 열흘 정도를 더 지체하는 한이 있 더라도 역시 아이들을 만나고 가는 게 낫지 않을까? 아무래 도 녀석들을 너무 기다리게 하고 있으니까.'

그의 고민은 끊이지 않았다.

'아니다. 광자와 염요가 돌아가서 내 소식을 전했을 테니 굳이 무한에 들를 필요는 없을 것이다. 한시라도 빨리 자하 를 구출해서 데리고 가는 게 아이들에게도 좋을 것이다.'

일반적으로 사람들은 양쪽에 똑같은 무게를 두고 선택의 고민을 한다고는 하지만, 언제나 자신이 원하는 쪽으로 추 가 기울게 마련이다.

담우천도 별반 다르지 않았다.

물론 그는 무투광자와 나찰염요가 아직 무한으로 돌아가 지 않았다는 사실을 모르고 있기는 했다. 하지만 어쨌든 그 는 애당초 아이들을 보고 싶다는 마음보다 아내를 찾고 싶 다는 마음이 더 강렬했다.

결국 고민이라는 것은 그저 아이들을 선택하지 않는 것 에 대한 미안함을 덜어내기 위한 동작에 불과할 따름이었 다. 오랜 숙고(熟考) 끝에 어쩔 수 없이 너희가 아니라 자하 를 선택했다고 말할 수 있는 변명에 지나지 않은 셈이었다.

＊　　　　＊　　　　＊

　"그는 비선의 생존자였습니다."

　벽을 뚫고 얼굴을 내민 은월천사가 입을 열었다.

　"그것도 무극섬사를 펼치는, 비선의 우두머리 혈검수라 담우천이 바로 그였습니다."

　은월천사의 앞은 어둠에 잠겨 있었다.

　누가 있는지, 몇이나 있는지 전혀 알 수 없을 정도로 완벽하게 잠겨 있는 어둠,

　그 암흑 속에서 마치 책을 읽듯 또박또박한 목소리가 들려왔다.

　"손해가 크구나. 천사 하나가 죽고 낙양의 조직이 무너지고, 게다가 영도 선사마저 도망치다니 말이지."

　또 다른 목소리도 들려왔다.

　"거기에 여남 야시가 입은 피해까지 치면 거의 백만 냥 가까운 손해를 본 것이오."

　"흠, 미후신에 대한 조치는?"

　"한 번 더 기회를 주기로 했소."

　"뭐, 야시에 관한 한 조왕(趙王)께서 어련히 잘 알아서 처리하실 것이오."

　새로운 목소리가 어둠 속에서 들려왔다. 그 목소리는 다

시 은월천사를 향해 질문을 던졌다.

"그가 협상을 제안했다면서?"

은월천사는 공손하게 대답했다.

"아내만 찾으면 은월천계와 관련된 모든 은원을 잊고 돌아가 두 번 다시 강호에 출입하지 않겠다고 했습니다."

"호오, 나쁘지 않은 제안이 아닌가? 그에게 복수를 해봤자 이미 손해 본 걸 만회할 수는 없는 일이고, 또 복수하는 과정에서 입을 손해까지 생각한다면 말이지."

"허허, 정왕(鄭王)께서는 너무 무르시다니까. 우리 조직에 피해를 준 자를 아무 조건 없이 그냥 놓아준다면… 사람들이 어찌 우리를 무섭고 두렵게 느끼겠소이까?"

"세인의 인식이 뭐가 중요하오? 우왕(禹王)이야말로 아직 강호에서 활동하던 시절의 기질을 버리지 못하고 계시구려. 잘 아시겠지만 이 세상을 지배하는 건 돈이오. 굳이 손해를 감수하면서까지 명예를 찾을 이유가 어디 있겠소?"

"손해 본 돈은 금세 만회할 수가 있는 법이오. 하지만 한 번 잃어버린 권위와 명예를 다시 세우려면 실로 지난한 세월이 필요하오. 그렇기 때문에 지난날의 모든 권력자는 자신의 권능을 무시하는 이들을 결코 용납하지 않았던 것이오."

"그 권력자들은 결국 돈 앞에 무릎을 꿇었소. 돈으로 마런한 군대와 무기에 의해서 패배하거나 돈의 유혹에 빠져 든 신하와 친인척들의 배신에 의해서 암살을 당하기도 했소."

"자자, 두 분은 만나기만 하면 계속 싸우시는구려. 이렇게 지지부진하게 이야기를 계속 나눌 시간들이 없지 않으십니까? 다들 맡은 일들만으로도 정신없으실 텐데."

"허험, 그건 그렇소. 그럼 나는 이 정도에서 더 이상 의견을 개진하지 않겠소. 조왕이 알아서 처리하시오."

"나 역시 그리하리다. 사실 비선의 생존자라고는 하지만 일개 애송이가 아니오? 천계주(天界主)께 따로 말씀드리지 않고 조왕이 직접 처리하셔도 될 것 같소."

"그럼 이몸이 맡아서 해결하겠소이다."

조왕이라 불린 목소리, 그러니까 미후신에게 보고를 받고 은월천사에게 지시를 내렸던 그자가 다시 은월천사를 향해 입을 열었다.

"그러니까 그자의 아내가 우리 손에 있게 된다면 그자를 수하로 부릴 수도 있다는 뜻인가?"

은월천사는 조심스럽게 자신의 생각을 밝혔다.

"담우천이라는 자의 아내에 대한 지극한 사랑을 생각한다면, 그 여인의 목숨을 두고 거래해서 몇 가지 소소한 일은 시킬 수 있을 것 같습니다. 물론 그자의 자존심과 자긍

심을 생각해 볼 때 영구히 우리 쪽에 묶어둘 수는 없을 듯
합니다."

"흠, 그녀가 지금 어디 있다고?"

"무적가에서 제갈 가주의 시중을 들고 있습니다."

第七章
사부(師父)

그 광경을 지켜보던 담호가 맑은 목소리로 웃음을 터뜨렸다.

이매청풍과 만월망량은 깜짝 놀라 다툼을 멈추고 담호를 돌아보았다.

소년의 아버지와 헤어져 이곳 장원에 온 후 처음 터져 나온, 건강한 웃음이었다.

하지만 이매망량들은 몰랐다. 소년은 자신의 엄마가 납치된 이후부터 지금껏 단 한 번도 그렇게 맑고 건강하게 웃어본 적이 없었다는 사실을.

1. 자장가

하루하루가 달라졌다.

한번 말문을 트더니 사람들이 모두 놀랄 정도로 말이 늘어갔다.

그런 담창이 가장 많이 하는 말 중 하나가 바로 이 질문이었다.

"아빠 언제 와?"

그때마다 담호나 소화는 활짝 웃으며 말했다.

"하룻밤 자면."

그러면 또 언제 울상을 지었냐는 듯이 담창은 까르르르

웃으며 즐겁게 놀았다. 그런 어린 동생을 바라보면서 담호
는 한숨을 내쉬었다.

"어린 게 무슨 한숨이니?"

가끔 소화는 그런 담호에게 타박을 주기도 했지만 그녀
또한 생각보다 늦게 오는 담우천에 대한 걱정으로 인해 남
몰래 한숨을 내쉬기도 했다.

아버지가 약속을 저버리고 떠난 그날 이후로 담호는 말
수가 극히 줄어들었다. 그는 새벽처럼 일어나 밤늦게까지
수련에 힘썼다.

자신이 약하기 때문에 아버지가 어쩔 수 없이 약속을 지
키지 못했다고 생각했기에, 소년은 어떡하든지 강해지려고
노력했다.

그래서 함께 장원에 기거하는 이매망량을 조르고 졸라
자세를 교정받기도 하고 또 함께 수련하기도 했다.

"허어, 이 녀석 좀 봐. 예전 우리 어렸을 때가 생각나지
않아? 우리도 이렇게 자세가 좋았던가?"

"흠, 정말 자세가 좋군. 누가 행수 아들 아니랄까 봐. 하
지만 익힌 무공이 너무 형편없어. 용무팔권이 뭐야, 용무팔
권이. 이참에 내 무공이나 가르쳐 줄까?"

이매망량은 담호가 땀을 뻘뻘 흘리면서 용무팔권을 시연
하는 걸 지켜보면서 그런 대화를 나눴다.

담호는 지금 단 한 번도 쉬지 않고 벌써 서른여섯 번을 연속해서 용무팔권을 펼치고 있었다.

지치고 힘들어서 자세가 불안정해지고 허리가 높아질 때도 되었지만 여전히 그의 움직임은 민첩하고 영활하며 안정되어 있었다.

이매망량은 잠시 자신들의 과거를 떠올리다가 담호를 불렀다.

표연을 끝낸 담호가 헉헉거리며 다가왔다. 키가 크고 후덕한 체구의 근엄한 눈빛을 가진 중년인, 만월만량이 소년을 향해 말했다.

"용무팔권은 확실히 숙련의 경지에 이르렀구나. 이제 슬슬 다른 무공을 배울 때도 된 것 같은데, 어찌 생각하느냐?"

담호의 눈이 반짝였다.

"가르쳐 주실 건가요?"

"혹시 네 아버지에게 따로 말을 듣지는 않았느냐? 다른 말이 있을 때까지는 용무팔권만 계속 수련해야 한다든지, 아니면 타인에게 절대로 무공을 배우지 말라는지 하는 것들 말이다."

담호는 고개를 흔들며 말했다.

"아뇨, 아버지는 제가 무공을 익히는 데 큰 관심이 없으셨어요. 사실 용무팔권도 엄마가 가르쳐 주신 거거든요."

"흠, 그래?"

만월만량과 이매청풍은 서로를 돌아보았다. 왜 자신들의
행수가 제 자식에게 무공을 가르쳐 주지 않았는지 어쩌 알
것만 같은 기분이 들었다.

"그럼 우리도 포기할까?"

적당한 키에 적당한 체구, 나름대로 근사하게 생긴 얼굴
의 사내, 이매청풍의 중얼거림을 들은 담호는 불안하고 초
조한 표정을 지었다.

"뭐 그럴 필요가 있나?"

만월망량은 근엄한 눈빛으로 담호의 얼굴을 바라보며 말
했다.

"어차피 우리가 따로 제자를 키울 입장도 아니잖나? 이
대로 우리가 죽으면 그 죽을 고생을 해서 배운 모든 것이
다 땅 속에 묻힐 텐데… 뭔가 아쉽다는 생각이 들지 않나?"

"흠, 그건 그렇군. 아깝기는 하지. 우리가 어떤 고생을 해
서 배우고 익힌 건데."

이매청풍은 고개를 끄덕였다. 그리고는 살짝 짓궂은 표
정을 지으며 담호에게 말을 건넸다.

"우리 무공을 익히려면 피똥을 쌀 각오는 해야 할 것이
다. 그래도 배울 생각이 있느냐?"

"네, 있습니다!"

담호는 힘차게 소리쳤다. 이매청풍은 껄껄 웃었다. 웃음기가 별로 없는 만월만량도 슬그머니 미소를 머금었다.

이매망량이 자리에서 벌떡 일어났다.

"좋아, 그렇게 원한다면 피똥 싸게 해주지. 따라와라."

"너무 무리하게 하지는 마세요."

소화는 제 품에서 잠든 담창을 다독거리면서 낮은 목소리로 소곤거렸다. 이매망량은 술잔을 들이켜며 껄껄 웃었다.

"그 녀석, 오기가 꼭 제 아버지를 닮아서 그 자리에 쓰러져 기절할 때까지 약한 소리를 하지 않더이다."

"우리도 어렸을 때 독종이라는 소리를 듣기는 했지만 저 정도는 아니었답니다. 게다가 해면이 물을 빨아들이는 것처럼 우리가 가르치는 걸 그대로 흡수하여 제 것으로 만들더군요. 과연 커서 어느 정도의 고수가 될지 궁금합니다."

두 사람은 나이 어린 소화에게 존대를 하고 있었다. 비록 제대로 표현하거나 말을 하지는 않아서 그렇지, 그들은 소화를 담우천의 둘째 아내 정도로 생각하고 있었다.

담호는 이미 제 방으로 들어가 뻗어 있었다. 수련 도중 기절한 이후 곧바로 잠들었던 것이다. 하루 종일 고된 훈련을 받다 보니까 일어난 일이었다.

그게 마음에 걸린 모양이었다. 소화는 '그래도…' 하면서 입을 열었다.

"아직 아호는 어린아이잖아요. 채 열 살도 안 된 꼬마라구요."

"우리는… 두어 살 무렵부터 무공을 익혔소."

만월망량이 조금은 딱딱한 목소리로 말했다.

"그렇지만 지금까지 건강하게 잘 지내고 있소. 그러니 너무 걱정하지 마시오. 몸에 무리가 갈 것 같으면 적절하게 조절할 테니까."

그의 이야기가 조금 건조하게 들렸는지 이매청풍이 부드럽게 웃으며 말을 받았다.

"우리는 몸에 쌓인 피로를 쉽게 푸는 방법이라든지, 또 좀처럼 피로를 느끼지 못하는 육체로 개조하는 방법이라든지에 대해서 잘 알고 있답니다. 지금은 힘들지 모르겠지만 두어 달만 지나면 오늘처럼 기절할 일은 없을 테니 너무 걱정하지 마십시오."

소화의 눈이 휘둥그레졌다.

"그럼 두어 달 동안 계속해서 기절하는 건가요?"

"하하, 아마 그럴지도요."

이매청풍의 웃음소리가 조금 컸나 보다. 잠들었던 담창이 깬 듯 투정을 부렸다.

"엄… 마."

소화가 웃으며 담창을 다독거렸다.

"그래. 엄마 여기 있다. 그러니 안심하고 푹 잠들렴."

담창은 몇 번 더 투정을 부렸다.

그러면서 담창은 잠결인지, 혹은 진짜로 배가 고파서인
지 소화의 젖을 찾았다.

소화는 부끄러운 기색 없이 젖을 내밀었다. 담창은 나오
지도 않는 젖을 쪽쪽 빨기 시작했다.

이매청풍과 만월망량이 어색한 표정을 지으며 고개를 돌
렸다.

벌써 몇 번이나 본 장면이기는 하지만 역시 적응이 되지
않는 광경이기도 했다.

"이 엄마는 젖이 안 나와서 미안하구나. 대신 노래라도
불러줄게."

소화는 나지막한 목소리로 부드러운 자장가를 불러주면
서 그 음조에 맞춰 담창을 다독거렸다.

빈 젖을 쪽쪽 빨며 잠투정을 부리던 담창은 그 자장가 소
리에 안정을 찾았는지 소화의 품으로 파고드는가 싶더니
이내 새근거리며 다시 잠에 취했다.

시선을 돌린 채 외면하고 있던 이매망량들의 얼굴에 희
미한 미소가 스며들었다.

아마 자신들도 갓 태어났을 때에는 저렇게 엄마의 자장 가를 들으며 잠들었겠지 하는 생각이 들자 조금은 아련한 기분마저 드는 그들이었다.

소화의 낮고 느린 자장가는 계속 이어졌다.

술을 마시던 두 명의 사내는 술잔을 내려놓고 눈을 감았다.

그들은 마치 자신들이 담창이 된 양 그 자장가 속으로 빠져들었다.

왠지 부드럽고 따스한 공기가 희미하게 떠도는 느낌이 드는 밤이었다.

2. 사부

담호의 성장은 이매망량의 예상을 훨씬 뛰어넘고 있었다. 두어 달 정도 지나야 기절하지 않고 제대로 훈련을 소화할 것이라고 했던 그들의 말은 틀렸다.

불과 보름 만에 담호는 더 이상 기절하지 않게 되었다. 그것은 소년의 끈기와 집념이 이뤄낸 성과이기도 했고, 또한 그동안 꾸준히 쌓아올린 내공 덕분이기도 했다.

"너 언제 이렇게 내공을 쌓았느냐?"

만월만량이 담호의 맥문을 쥔 채 의아하다는 듯한 표정

을 지으며 물었다.

지금 소년의 몸속에는 오륙 년 동안 꾸준히 운기조식을 해야만 얻을 수 있는 내력이 담겨 있었다. 사실 그리 대단한 것이라고는 할 수 없는 내공이지만, 그래도 그 단단한 내공을 통해서 담호는 거칠고 고된 수련을 소화해 낼 수 있는 체력과 힘을 얻고 있었다.

담호는 머뭇거리다가 사실대로 말했다. 그의 이야기를 들은 이매망량의 눈이 휘둥그레졌다.

"말도 안 돼! 불과 반년 익힌 내공이라고?"

이건 이매청풍의 놀란 목소리였다.

"믿을 수 없는걸. 이 아이, 소위 말하는 무공의 천재라는 말인가?"

낮은 소리로 중얼거리는 음성은 만월망량의 것이었다.

이매청풍과 만월망량은 담호를 사이에 두고 뭔가 의중이 담긴 눈빛을 교환하더니, 이윽고 이매청풍이 입을 열었다.

"어쨌든 이 정도 성과라면 곧바로 다음 단계로 넘어가도 되겠군. 그 몸속에 쌓인 내공을 가지고 어떻게 노느냐 하는."

만월망량이 뒤따라 말했다.

"너는 어떤 무공을 배우고 싶으냐? 검법, 권법, 아니면……"

담호는 이미 생각해 둔 바가 있었다는 듯이 그의 말이 끝나기도 전에 대답했다.

"검법이요."

이매청풍과 만월망량은 서로를 돌아보며 씽긋 웃었다.

'아무래도 그럴 테지. 제 아버지를 보고 자라왔을 테니까.'

이매청풍이 다시 말했다.

"검법이라면 아무래도 우리들보다 네 아버지에게 배우는 게 좋을 거야. 지금 세상에서 가장 뛰어난 검법을 사용하는 사람 중의 한 명이 바로 행수니까."

"으음……."

담호는 머뭇거렸다.

두 사람은 어린 담호가 고민하는 모습을 보면서 다시 싱글거렸다.

그들의 가슴 깊은 곳에는 갈수록 이 아이에 대한 정이 늘어나고 있었다.

"그럴 것 없이 우리들의 무공 전부를 배우는 건 어떻겠느냐? 나중에 필요하게 되면, 그리고 네가 진심으로 원하게 되면 그때 네 아버지에게 검법을 가르쳐 달라고 해도 되니까. 뭐, 그때가 되면 우리도 행수에게 부탁해 보마."

"그래, 네가 정 부탁하기 난처할 것 같으면 아예 우리가 먼저 이야기를 꺼내지. 어때?"

두 사람이 번갈아 말하는 이야기에 담호는 환한 표정이 되어서 고개를 끄덕였다.

"네, 그렇게 할게요."

"좋아, 그럼 내 무공부터……."

"무슨 소리야? 내가 먼저 가르쳐야지."

이매망량은 서로 자신의 무공을 먼저 가르쳐 주겠다고 싸우기 시작했다.

그 광경을 지켜보던 담호가 맑은 목소리로 웃음을 터뜨렸다.

이매청풍과 만월망량은 깜짝 놀라 다툼을 멈추고 담호를 돌아보았다.

소년의 아버지와 헤어져 이곳 장원에 온 후 처음 터져 나온, 건강한 웃음이었다.

하지만 이매망량은 몰랐다. 소년은 자신의 엄마가 납치된 이후부터 지금껏 단 한 번도 그렇게 맑고 건강하게 웃어본 적이 없었다는 사실을.

그리고 어처구니없게도 혹은 기묘하게도, 소년의 얼어붙었던 마음은 제 부모가 아닌 이매망량과 소화로 인해 천천히 풀려 나가고 있었다는 것을, 정작 이매망량은 전혀 모르고 있었다.

어쨌든 소년의 웃음을 본 두 사람을 팔을 걷어붙이며 씩씩하게 말했다.

"네가 아직 그렇게 크게 웃을 힘이 남아 있을 줄이야. 이건 우리들의 실수다. 더 지독하게 굴려주마!"

담호는 웃음을 참지 못하며 대답했다.

"네, 제자는 언제나 기다리고 있습니다, 사부!"

일순, 두 명의 사내가 저도 모르게 움찔거렸다.

사부라…….

그 단어가 이토록 듣기 좋고 편안하고 부드러운 말인지, 이렇게 가슴 깊은 곳을 휘젓는 단어인지 미처 몰랐다.

두 사람은 서로를 바라보았다.

그리고 서로의 눈동자에 살짝 스며든 물기를 보고는 피식 웃었다.

둘 다 똑같은 생각을, 같은 감상을 나누고 있었던 것이다.

그렇게 감상에 젖은 서로를 바라보면서 이매청풍이 진지하게 입을 열었다.

"내가 첫 번째 사부야."

만월망량도 지지 않았다.

"첫 번째 사부라면 모름지기 근엄하고 위엄이 넘쳐야 하지. 그런 면에서 보자면 확실히 내가 첫 번째 사부야."

"무슨 소리야? 저 녀석은 애당초 너보다 나를 더 좋아하고 있다구."

"허어, 귀신 씻나락 까먹는 소리 하네. 아호는 나를 더 존경한다니까."

두 사람은 이번에는 누가 첫 번째 사부가 되느냐로 말다툼을 벌이기 시작했다.

담호는 다 큰 어른들이 별것 아닌 일로 싸우는 게 우스운지 연신 즐겁다는 얼굴로 웃고 있었다.

소년이 쾌활하게 웃자 이매망량은 더 신이 나서 말싸움을 벌였다.

아이의 웃음이 이토록 기분 좋은 것인지 처음 알게 된 사람들처럼, 그들은 담호가 더 크게, 더 신나게 웃을 수 있도록 요란법석을 떨었다.

객청에 앉아서 차를 마시며 그 광경을 지켜보던 소화의 입가에서도 미소가 떠나지 않았다. 담호가 이토록 해맑게 웃는 모습은 그녀 또한 처음 보는 일이었다. 절로 유쾌해지는 기분이었다.

"엄마."

그때 누군가 소화를 불렀다.

그녀는 고개를 돌렸다.

가지고 놀던 실 뭉텅이로 전신을 휘감고 있는 담창이 그곳에 앉아 있었다.

담창은 머리부터 발까지 실로 꽁꽁 휘감긴 채 어쩔 줄 몰라 하는 표정을 지으며 눈을 동그랗게 뜨고서 그녀를 올려다보고 있었다.

소화는 그 귀여운 모습에 하마터면 크게 웃음을 터뜨릴 뻔했다.

그녀는 애써 웃음을 삼키고는 짐짓 화난 목소리로 말했다.

"그러니까 엄마가 실 가지고 놀지 말라고 했지? 엄마는 가만있을 테니까 스스로 풀고 나와보렴."

담창은 짧은 팔과 조그만 손으로 제 몸을 휘감고 있는 실을 풀려고 했다.

하지만 아이가 용을 쓰면 쓸수록 실은 더 엉켜갈 뿐이었다.

담창의 볼이 크게 부풀어 올랐다. 금방이라도 울 것만 같은 얼굴이었지만 아이는 입술을 꽉 다문 채 오기를 부리고 있었다.

그 모습이 너무 앙증맞고 귀여워서 소화는 저도 모르게 아이를 끌어안고 볼에 뺨을 부비며 중얼거렸다.

"아아, 진짜로 네가 내 아들이었으면 좋겠어. 내가 진짜 네 엄마였으면 얼마나 좋을까?"

담창은 숨이 막히는지 켁켁거리며 그녀의 품에서 빠져나
오려고 버둥댔다.

"엄마, 엄마."

하지만 소화는 그 꼬마 녀석이 말하는 '엄마' 라는 단어
가 너무 따뜻하고 부드러워서 일부러 더 세게 담창을 꼭 껴
안았다.

아이가 짧은 팔을 버둥거렸다.

소화의 얼굴에 더없이 자애(慈愛)한 미소가 떠올랐다.

영원히, 이대로 계속 이어졌으면 좋겠다는 생각이 드는
따뜻한 봄날이었다.

3. 인질

다시 보름이 지났다.

담우천이 떠난 지도 한 달이 되었다. 이제 계절은 완연한
봄, 낮에는 햇볕이 따가워서 그늘을 찾을 정도로 좋은 날씨
가 이어지고 있었다.

그동안 두 명의 사내, 한 명의 여인, 그리고 두 아이는 그
들만의 한적한 장원 안에서 시간이 어떻게 흐르는 줄도 모
른 채, 바깥세상과는 전혀 동떨어진 행복함을 느끼며 지냈
다.

담호의 실력은 쑥쑥 성장했고 담창의 말솜씨도 그와 버금가게 늘었다.

소화와 이매망량은 담호가 무공의 천재라면 담창은 언어의 귀재일 거라는 소리를 하면서 그 두 아이의 성장을 지켜보았다.

그러던 어느 날, 그들만의 장원으로 손님이 찾아왔다. 무투광자와 나찰염요, 그리고 예쁘장하지만 독 오른 눈빛을 지닌 묘령의 소녀가 그들이었다.

이매망량과 소화는 처음 보는 소녀였지만 담호는 그녀를 보자마자 누구인지 알아차렸다.

그녀 또한 마찬가지였다.

"예서 네 녀석을 보다니!"

소녀는 서릿발 같은 기세로 소리쳤다. 담호도 지지 않았다.

"흥! 내가 할 소리를."

"가만있지 않으면 또 당하게 될 거야."

나찰염요가 나직하게 말하자 금방이라도 발광할 것 같던 소녀의 기세가 순식간에 사그라졌다. 그녀는 불안한 눈빛으로 나찰염요의 눈치를 살폈다.

일순 담호는 고개를 갸웃거렸다.

소녀의 성정이 얼마나 지독하고 독랄한지 잘 알고 있었

기에, 담호에게는 소녀의 지금 저 모습이 너무나도 의외인 것이다.

'도대체 어떤 일을 당했기에 저렇게 꼼짝하지 못하게 된 걸까.'

"호지민이라고 해. 천궁팔부 알지? 거기 궁주 딸이다."

객청에 자리 잡고 앉은 무투광자는 별거 아니라는 투로 소녀를 소개했다.

그리고 어떻게 만났는지, 또 어떻게 호지만의 수하들을 해치우고 그녀만 인질로 삼게 되었는지에 대해서 간략하게 이야기했다.

"가만 놔두면 형님이 귀찮아질 것 같아서 죽일까 하다가, 그래도 천궁팔부의 여식이니 뭔가 이용할 가치가 있지 않을까 싶어서 살려둔 게야."

이매망량과 소화의 눈이 휘둥그레졌다. 소화는 문득 복도 쪽으로 고개를 돌리며 말했다.

"들어가 있으라고 했지?"

복도 구석에서 눈만 살짝 내밀고 객청 쪽을 바라보고 있던 담호가 억울하다는 듯이 소리쳤다.

"아창은 거기 있잖아요?"

소화는 제 품에서 젖을 만지며 놀고 있는 담창을 힐끗 내려다본 후 말했다.

"너도 내 젖을 먹을 생각이라면 와도 좋아."

일순 담호의 얼굴이 빨갛게 달아올랐다.

"쳇, 됐어요!"

담호는 투덜거리며 제 방으로 돌아갔다. 어른들의 이야기라면서 자신만 쏙 빼놓는 게 싫었지만 어쩔 수가 없었다. 빨리 어른이 되는 수밖에는.

담호가 방으로 돌아간 후 소화는 한숨을 쉬며 고개를 설레설레 흔들었다.

"정말 이제 슬슬 말을 안 듣는다니까요."

그녀는 혼잣말을 하다가 분위기가 이상하다고 느껴서 고개를 들었다.

사람들은 기묘한 얼굴로 소화를 바라보고 있었다. 그녀는 더듬거리며 물었다.

"뭐 묻었어요, 내 얼굴에?"

"아, 아니."

무투광자가 조금 당황한 표정을 지었다.

차마 '어떻게 그토록 자연스럽게 젖을 먹는다는 말을 할 수 있는지 궁금하다' 라고는 말할 수가 없었다. 그래서 그는 잠시 생각하다가 이렇게 말했다.

"그새 애 엄마가 된 것처럼 모든 게 너무나도 자연스러워서 조금 놀랐을 뿐이다."

소화가 빙긋 웃었다.

"애들이랑 지내다 보니 그렇게 되었네요. 뭐, 저만 그런
가요? 이 두 분은 아예 아호의 사부가 되셔서 얼마나 지극
정성으로 그 아이를 보살피는데요."

무투광자는 눈을 휘둥그레 뜨며 이매망량을 바라보았다.
이매청풍과 만월망량은 쑥스럽다는 듯이 헛기침을 하며 입
을 열었다.

"녀석이 먼저 우리를 사부라고 불렀어요."

"심심풀이로 가르치는 것뿐입니다."

"형님도 한번 보셔야 합니다. 애가 얼마나 영특하고 자질
이 있는지, 하나를 가르치면 열 개를 배운다니까요. 정말
가르치는 재미가 있는 녀석이라구요."

"그건 청풍 말이 맞습니다. 이런 아이가 진짜 내 제자라
면 모든 것을 전수하고 싶을 정도로 뛰어난 녀석입니다."

머뭇거리며 입을 열었던 것과는 달리 그들은 금세 담호
의 칭찬에 앞을 다투며 열을 내고 있었다.

"허어."

무투광자는 어이가 없다는 듯 의미 모를 한숨을 내쉬었
다.

그가 알고 있는 이매망량은 보이지 않았다.

대신 그 자리에는 제자 자랑에 취해 버린 두 명의 사부만 있을 뿐이었다.

한편 나찰염요 또한 기묘한 눈빛으로 소화를 바라보고 있었다.

나찰염요의 눈빛은 무투광자의 그것과는 조금 달랐다.

그것은 어쩌면 질투, 그 자리는 내가 앉아야 한다는 질시가 섞인 눈빛인 듯 보였고 또는 그렇게 자연스러운 사이가 되었는지 호기심이 섞인 눈빛이었다.

"그런데 행수는 어디 계십니까?"

한참 담호 자랑에 열을 올리던 만월망량이 정색을 하며 화제를 돌렸다.

무투광자는 한숨을 내쉬었다.

"놓쳐 버렸네."

"놓치다니요?"

무투광자는 그간 무슨 일이 벌어졌는지 간략하게 설명했다.

그리고 담우천의 뒤를 쫓다가 결국 포기하고 이곳으로 돌아온 이유에 대해서도 이야기했다.

"아무래도 저 아이를 끌고 다니다 보니까 속도가 나지 않더군. 그래서 고민 끝에 저 계집은 이곳에 놓아두고 다시 형님을 찾아보는 게 더 빠르다는 결론을 내렸지."

무투광자는 객청 한 구석에 쭈그리고 앉아 있는 호지민을 돌아보며 말했다.

평소의 호지민이라면 발끈해서 대들 법도 했지만 의외로 고개를 숙인 채 가만히 앉아 있었다.

"여하튼 행수께서 큰형수님의 행방을 찾은 건 확실하군요."

이매청풍의 말에 무투광자가 고개를 갸웃거렸다.

"큰형수?"

"여기 둘째 형수… 아, 아닙니다."

이매망량은 고개를 저었다. 무투광자는 그제야 알겠다는 듯한 표정을 지었다.

'호오, 둘째 형수라……. 그렇군. 한 달 사이에 그렇게 변한 게로군.'

저 담호와 담창이 소화를 대하는 것과 그녀가 아이들을 대하는 태도를 보면 납득이 가는 일이었다. 어느 누가 그들을 모자지간이라고 생각하지 않겠는가.

무투광자는 저도 모르게 나찰염요를 돌아보았다.

나찰염요의 입가에는 부드러운 미소가 희미하게 어려 있었다.

얼굴 표정만 보아서는 그녀가 무슨 생각을 하는지 도통 감을 잡을 수가 없었다.

"재밌네요."

그녀의 말 또한 무슨 의미인지 알 수 없었다. 그저 지금 이 상황이 기묘하고 희한할 따름이었다.

"어쨌든."

골치 아픈 상황을 극도로 싫어하는 무투광자답게, 그는 고개를 휘휘 내저으며 화제를 바꿨다.

"우리는 하루 이곳에서 쉬고 다시 형님의 뒤를 쫓을 것이야. 우리가 다시 돌아올 때까지 저 계집은 너희가 맡아서 감시하도록. 제법 성격이 괄괄하니까 주의하도록."

"죽이면 안 됩니까?"

"죽일 생각이라면 애당초 인질로 삼지도 않았겠지."

무투광자는 이매청풍을 노려보며 말했다.

"천궁팔부에 넘기면 최소한 은자 오십만 냥은 받아낼 수 있을 게다. 그런 거액을, 귀찮다는 이유로 버릴 정도로 네가 부자였더냐?"

"물론 아니죠. 하지만 저 녀석 때문에 우리 본거지가 노출이라도 되면……."

"그건 그때 가서 생각하기로 하고. 말을 듣지 않으면 패도 좋고 먹어도… 흐흠, 뭐 너희가 알아서 잘 하리라 믿는다."

무투광자는 소화의 눈치를 살피며 말을 맺었다.

마침 소화는 담담한 표정을 지은 채 담창의 손을 쥐락펴락하며 놀아주는 중이었다. 다른 일에는 전혀 관심이 없다는, 오직 담창에게 모든 주위와 신경이 집중되어 있다는 모습이었다.

'허어, 진짜 애들 엄마 같네.'

무투광자는 떨떠름한 얼굴이 되었다. 문득 불길한 생각이 그의 뇌리를 파고들었던 것이다. 하지만 그는 이내 고개를 홰홰 저으며 내심 중얼거렸다.

'뭐. 그건 내가 알 바 아니니까.'

그때 소화가 고개를 들어 무투광자를 바라보았다. 무투광자는 저도 모르게 움찔거렸다.

그녀의 눈빛이 너무나도 부드럽고 따사롭게 느껴졌던 것이다.

"어떻게 찾으실 건가요?"

그녀가 조용히 입을 열었다.

"아저씨의 행방은 지금 아무도 모르잖아요?"

"찾는 방법이 있… 소."

무투광자는 저도 모르게 말을 높이고 있었다.

"우리는 추격과 추적의 달인들이오. 게다가 우리끼리만 통하는 춘전과 암화도 있고……. 사실 저 계집만 아니었다면 충분히 형님의 뒤를 따라잡았을 것이오."

"그런가요?"

소화는 무투광자의 말이 애매하게 들린 듯 고개를 갸웃거렸다.

이매청풍이 웃으며 말했다.

"그리 걱정하지 않으셔도 됩니다. 광자 형님은 추적술에 뛰어난 우리 중에서도 가장 뛰어난 분이시니까요."

만월망량이 맞장구를 쳤다.

"그렇지. 예전 일인데 언제더라… 어쨌든 염요가 중간에 큰 부상을 입고 낙오되어 떨어졌는데 혼자서 한 달 만에 그녀를 찾아왔으니까요."

"쓸데없는 소리!"

무투광자는 눈을 부라리며 말하고는 다시 소화를 향해 딱딱한 어조로 말을 이었다.

"여하튼 그건 우리들에게 맡기면 된… 되오."

문득 나찰염요가 피식 웃었다. 아무래도 그의 말투가 어색한 모양이었다.

무투광자는 헛기침을 하고는 괜히 눈을 불퉁대며 투덜거렸다.

"오래간만에 만났는데 술도 없냐?"

이매청풍이 기다렸다는 듯이 자리에서 일어났다.

"곧 대령합죠."

그가 술과 약간의 음식을 가지고 돌아올 때까지, 객청에 앉아 있는 그 누구도 입을 열지 않았다.

열린 객청 문 사이로 불어오는 봄의 밤바람은 부드럽고 시원했다.

하지만 객청의 분위기는 어딘지 모르게 음울하게 가라앉아 있었다.

다음 날.

무투광자와 나찰염요는 호지민을 장원에 놔둔 채 다시 길을 떠났다. 그런 까닭으로 인해 장원에는 새로운 식구, 아니, 한 사람의 인질이 늘어나게 되었다.

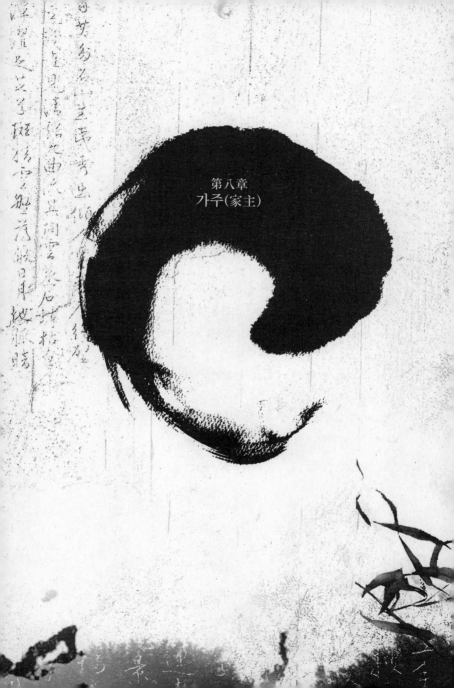

第八章
가주(家主)

문이 열렸다.

그리고 한 명의 여인이 조신스러운 발걸음으로 들어섰다.

아름답고 현숙할 뿐만 아니라 육감적인 몸매까지 지닌 여인이었다.

그녀가 방에 들어서자 알 수 없는, 정신이 몽롱해질 정도로 향긋한 향기가 흘러들었다.

제갈원은 홀린 듯한 표정을 지으며 두 팔을 벌렸다.

"어서 와라, 자하."

1. 소식

강호의 삼대정보조직하면 누구나 떠올리는 이름들이 있다.

개방, 흑개방, 그리고 황계.

황계는 기녀, 점소이, 교군꾼, 말구종 등의 무림 최하층 계급의 조직원들로부터 정보를 얻어낸다.

기녀나 점소이 같은 이들이 얼마나 대단한 정보를 얻어 낼 수 있느냐고 묻는다면 그건 세상물정을 전혀 모르는 애송이나 할 법한 질문이라 하겠다.

잠자리를 같이할 때처럼 방심하게 되는 순간이 없었다.

그래서 살수들이 가장 암습하기 좋은 기회로 여기는 것도 바로 정사를 나누는 그 순간이었다.

온몸이 노곤하고 쩌릿한 쾌감에 젖어 있을 때, 모든 신경이 아랫도리에서 전달되는 쾌락에 집중되어 있을 때, 사람들은 자신이 무슨 말을 하는지도 모르고 온갖 비밀을 털어놓기도 한다.

그래서 기녀들이 수집한 정보 중에서 가히 일급에 해당되는 순도 높은 비밀들이 많았다.

점소이들 또한 언제나 귀를 열고 다녔다. 구석진 자리에 앉아서 은밀하게 이야기를 나눈다면 그 누구도 듣지 못할 거라고 착각하는 이들이 많다.

그러나 점소이의 귀를 벗어날 수는 없는 법이다. 탁자를 훔치는 척하면서 음식을 나르는 척하면서 그들은 자신들이 귀담아 들을 이야기에 집중했다.

그래서 세상 돌아가는 이야기나 일반 정보들은 점소이들이 가장 많이 알게 되는 법이다.

가마나 교자를 메는 교군꾼들은 나리들의 은밀한 정보를, 말구종들은 그 집안의 시시콜콜한 이야기들까지 얻어낸다.

물론 대부분의 정보는 쓰레기와 같았지만 그중 한두 개는 백옥보다 빛나는 정보가 되었다.

이렇게 대륙 각지의 수많은 정보꾼이 채집하여 모은 정보는 황계의 각 지부를 거쳐 총책임자인 황계주에게로 오게 된다.

개방보다 더 많은 조직원을 지니고 있다는 황계의 주인 황계주는 신비의 인물이었다.

그의 정체는 누구도 알지 못했다.

더불어 황계주가 사천의 지부주를 맡고 있다는 사실을, 게다가 더없이 아름다운 여인이라는 사실을 아는 자는 더더욱 존재하지 않았다.

"이걸 언제 다 읽는담?"

그날도 사천 황계 지부주인 십삼매는 한숨을 쉬었다. 그녀의 앞에는 천하 각지에서 모여든 일급 이상의 비밀들이 적힌 쪽지들이 수북하게 쌓여 있었다.

아무렇게나 쪽지들을 이리저리 헤치던 그녀의 가늘고 긴 손가락이 잠시 멈췄다.

그리고는 검지와 중지 끝으로 쪽지 한 장을 집어 들었다.

그녀가 살고 있는 사천의 정보원이 보낸 글이었다.

포두 강만리가 지부대인의 구촌 당질을 업무 중 과실치사한 죄목으로 해임되었음.

"호오, 그이답네."

찌푸려 있던 십삼매의 아름다운 얼굴이 활짝 개였다. 강
만리만 떠올리면 그녀의 얼굴에는 늘 이렇게 미소도 함께
그려졌다.

물론 그와 동시에 그녀의 가슴 한켠에는 아릿한 아픔까
지 새겨지지만.

"이제 슬슬 때가 되어가는구나."

그녀는 들었던 쪽지를 조심스럽게 한쪽으로 놓아두며 중
얼거렸다.

"그이를 위해 준비했던 계획들을 하나둘씩 실행해야겠
네."

"뭘요?"

문이 열리며 조그마한 계집이 고개를 내밀며 물었다. 십
삼매의 눈매가 매서워졌다.

"내가 방에 있을 때는 함부로 들어오지 말라고 했지?"

어린 계집은 깜짝 놀라는 시늉을 했다.

하지만 계집은 문을 닫지도 않고, 여전히 고개를 내민 채
말했다.

"그 뚱보 아저씨를 생각하나 보네요. 화를 내면서도 입가

에는 미소가 사라지지 않는 걸 보면."

"너 진짜!"

십삼매가 빽 하고 소리쳤다. 어린 계집은 혀를 쏙 내밀고는 재빨리 문을 닫았다. 십삼매는 한숨을 쉬며 고개를 설레설레 흔들었다.

"정말이지 갈수록 다루기 어려워진다니까."

애 가진 부모라면 다들 고개를 끄덕일 만한 이야기를 하면서 그녀는 다시 쪽지들을 살피기 시작했다. 문득 그녀의 눈빛이 반짝였다.

지루해하던 그녀의 흥미를 이끌 만한 쪽지를 집어 든 것이다.

혈겁수라 담우천에 관한 건.

조사 결과, 그는 납치당한 아내를 되찾고자 동분서주하는 중입니다.

현재까지 그와 충돌이 있었던 곳은 북경부의 흑화방, 흑개방의 북경지부, 산동의 천궁팔부, 정주 관아, 은매당, 여남 야시 등입니다.

몇몇 곳이 더 있을지 몰라 계속 조사 중입니다.

중략(中略)…….

"강호에 다시 나온 지 불과 반년 만에 말이지? 정말 많은 곳과 사달을 일으켰네."

십삼매의 눈빛이 반짝였다.

담우천과 충돌한 세력들도 세력들이었지만 그것보다는 담우천이 지금 좌충우돌하고 있는 이유에 대해서 더욱 흥미가 생긴 것이다.

"아내를 되찾기 위해서 천하의 야시와 싸우는 것도 마다하지 않는다라……."

뭔가 재미있는 계획이 떠오를 것만 같았다. 놈을 죽이는 것보다 더 현실적이고 더 통쾌한 복수가.

그녀는 다시 쪽지를 읽어 내려갔다.

중략…….

현재 그는 소림사를 벗어나 서남 방향으로 향하고 있습니다.

확실치는 않지만 소림삼로와 일전을 벌였다는 소문도 있습니다.

무향천의 주인인 영도 선사의 모습은 보이지 않는 걸로 보아 소림사 내부에서 어떤 식으로든 사건이 종결된 것 같습니다.

그 부분에 대해서는 좀 더 조사하겠습니다.

추측컨대 현재 그의 행선지는 호광성(湖廣省) 남쪽이 아닌가 사료됩니다. 계속 추적, 감찰, 보고하겠습니다.

"호광이라······."

호광에 무엇이 있더라. 무당과 형산파가 그곳에 있기는 하지.

하지만 담우천이라는 자의 아내와는 전혀 상관없을 곳들이기도 하니까.

"야시와 무향천이 걸려 있어. 호광성에 존재하는 문파들 중에서 그와 관련된 곳이라면······."

십삼매는 잠시 생각하다가 저도 모르게 손가락을 퉁겼다.

"그렇구나."

호광의 남서쪽 천자산(天子山) 일대에는 누구나 이름을 대면 알 수 있는 거대한 세력인, 태극천맹의 뿌리 한 곳이 자리 잡고 있었다.

"무적가로 향하는 거야!"

십삼매는 저도 모르게 자리에서 벌떡 일어났다.

무적가라면 태극천맹의 근간을 이루는 오대가문 중의 한 곳.

더불어 꽤 오래 전부터 야시와 연을 맺고 교류하는 곳이

기도 했다.

"이거 생각보다 이야기가 재미있게 흘러가는걸."

십삼매는 방 안을 돌아다니며 중얼거렸다.

뭔가 좋은 생각이, 기막힌 계책이 그녀의 머릿속에서 아지랑이처럼 피어오르고 있었다.

"이이제이(以夷制夷)라……."

오랑캐로써 오랑캐를 제압한다는 옛 고사는 지금 십삼매에게 적으로써 적을 상대한다는 의미로 변해 있었다.

사실 그녀에게 있어서 가장 큰 적은 담우천이 아니라 오대가문과 태극천맹이었다.

담우천에 대한 복수심이 개인적인 거라면 오대가문과 태극천맹을 무너뜨리는 것은 조직의 숙원이자 선사의 유언이었다.

그러니 담우천을 이용하여 오대가문을 무너뜨릴 수만 있다면 그보다 더 좋은 일이 없는 것이다.

그녀는 손톱을 깨물며 고민하고 또 고민했다.

이이제이의 가장 좋은 방법을 찾기 위하여, 그리고 지금껏 그녀와 조직이 계획했던 '오대가문의 멸살'에 담우천이라는 자를 끌어올 수 있는 방법에 대해서 그녀는 생각을 거듭했다.

"아아……."

십삼매는 한숨처럼 중얼거렸다.

"한 가지, 한 가지가 부족해. 그것만 메워진다면 완벽한 계획인데 말이야."

안타까워하는 그녀의 음성이 먼지처럼 방 안을 맴돌고 있었다.

2. 무적가 제갈가문

깎아지른 듯한 기암절벽들이 수십 개의 송곳처럼 우뚝 서 있는 가운데, 짙은 운무(雲霧)가 천자산의 봉우리 허리를 잠식하듯 휘어감고 있었다.

그 천자산에서 정면으로 보이는 봉우리, 천자가 붓을 던졌더니 거꾸로 박힌 채 그대로 봉우리가 되었다고 해서 붙여진 이름의 어필봉(御筆峰) 정상에서 내려다보이는 운해(雲海)는 그야말로 한 폭의 그림과도 같았다.

험하기로 소문난 화산보다 몇 배는 가팔라서 차라리 촉로(蜀路)가 더 쉬운 길이라는 소리가 있을 정도로 험준하기 이를 데 없는 어필봉의 정상 일대에는 언제부터인가 거대한 장원이 세워져 있었다.

아니, 장원이라고 하기보다는 거대한 탑군(塔群)이라고 부르는 게 더 옳을지도 몰랐다.

고만고만한 전각 수십 채가 정원과 벽으로 구획된 공간 안에 자리를 잡고 서 있는 커다란 장원과는 달리, 이곳은 십여 채에 불과하지만 높이가 오 층에서 십오 층에 이르는 탑처럼 높은 고루(高樓)들이 제각기 띄엄띄엄 자리를 잡고 있었다.

평평하고 넓은 땅이 있는 일반 장원의 터와 다르게 아무래도 산 정상 일대이다 보니, 균등하게 터를 닦고 세울 만한 공간이 협소한 까닭에 그렇게 세워진 것이었다.

이러한 형태의 장원에는 여러 단점과 많은 장점이 공존해 있었다.

단점 중의 하나는 층이 높다 보니 매번 계단을 따라 오르고 내리는 일이 번거롭고 힘들다는 점이었는데, 제갈가문의 사람들은 그걸 현명하게 대처하고 있었다.

장점 중 대표적인 것으로는 역시 적의 침입에 대응하기 적절하다는 걸 들 수 있었다.

공간이 협소하다 보니 적이 은밀하게 잠입하기도 어렵고 빈 공간을 찾아 숨기도 힘들다.

또한 적의 동선(動線)을 쉽게 파악할 수가 있다는 점 역시 그러한 장점 중의 하나였다.

이렇듯 기묘한 형태의 탑군들로 이뤄진 장원, 이곳이 바로 오대가문 중의 하나인 무적가 제갈가문의 본산이었다.

사실 무림팔대세가, 혹은 십대세가의 위상에 오르는 무림의 제갈세가와 이곳 무적가의 제갈가문은 엄연히 서로 다른 가문이었다.

물론 양 가문 모두 저 촉나라 제갈공명의 후예라 자처하기는 하지만, 서로 모시는 시조(始祖)도 다르고 돌림자도 달랐다.

정사대전 이전에는 제갈씨(諸葛氏)하면 모든 사람이 무림의 제갈세가를 떠올렸다.

하지만 지금은 달랐다.

한때 신주오대세가 중의 하나였던 제갈세가는 불과 이십여 년 만에 몰락하여 거의 봉문(封門)하다시피 했다.

반면 정사대전을 승리로 이끈 주역 중 한 곳이자 태극천맹의 배후세력인 오대가문의 하나인 제갈가문은 제갈세가를 대신하여 천하 제갈씨들의 존경을 받고 있었다.

무적가의 장원.

그 첨탑(尖塔)처럼 우뚝 솟은 고루 중에서도 가장 높은 십오 층 고루에는 승천청(昇天廳)이라는 현판이 걸려 있었다.

승천청은 바로 무적가의 가주인 제갈보국(諸葛保國)의 거처이자 그 가족들이 머무는 내당이었으며 또한 무적가의 대소사를 처리하는 회청(會廳)이 있는 곳이기도 했다.

다른 고루들과 마찬가지였지만 승천청의 구조는 더더욱 복잡했다.

승천청의 일이 층은 대회의청으로 마련되어 있었고 삼 층부터 오 층까지는 하인들의 거처, 육 층과 칠 층은 손님 들이 머물 수 있는 객방으로 구획되었고 팔구 층에는 연회 장이 있었다.

그리고 십 층부터는 이른바 내당(內堂)이라 할 수 있는 공 간, 즉 제갈가주와 그 식구들이 그곳에 거주했다.

그 승천청의 내당에 불길하고 음울한 기운이 스며든 것 은 약 두 달 전, 그녀가 이곳에 오고 나서부터였다.

3. 질투

팔 층의 복도를 따라 시녀 두 명이 음식이 담긴 그릇을 조심스레 들고 걸어가 어느 문 앞에 걸음을 멈췄다.

"소가주의 식사입니다."

시녀의 말에 잠시 후 문이 열렸다. 문 안에는 사방 두 평 이 안 되는 조그만 공간이 있었고, 한 사내가 그 공간 안에 서 있었다.

시녀가 공간 안으로 들어서자 사내는 문을 닫았다. 그리고 옆에 길게 이어진 줄을 힘껏 잡아당겼다. 일순, 덜컹 하면서 공간이 움직이기 시작했다.

구구궁, 도르래 돌아가는 괴음이 덜컹거리는 소리와 함께 요란하게 들려왔다.

"언제나 이걸 타면 가슴 두근거린다니까요."

시녀 한 명이 소곤거렸다.

"누가 아니겠어? 어떻게 이런 걸 다 만들 생각을 하셨을까? 두레박으로 물을 길어 올리듯이 조그만 방을 만들어서 그 안에 사람을 태우고 오르락내리락하게 만들다니 말이야."

키 큰 시녀가 고개를 끄덕이며 말했다.

하기야 두레박은 누구나 쉽게 생각한다.

하지만 막상 두레박 안에 사람을 태워 높은 곳으로 이동하거나 낮은 곳으로 이동하게 한다는 건 쉽게 떠오르지 않는 발상이었다.

이삼 층이 아닌, 무려 십오 층의 고루였다. 일 층에서 십오 층까지 매번 계단을 따라 걸어서 이동하는 건 힘에 부치기도 하거니와 또 시간 낭비가 많은 일이었다.

그런 까닭에 제갈가문은 이런 기묘한 장치를 고안해 냈다.

그들은 수백 장의 설계도를 그렸고 몇 년의 시도 끝에 결국 스물일곱 개의 톱니바퀴와 여섯 개의 도르래를 이용한 이 공간을 만들어낸 것이다.

승천청에는 이와 똑같은 공간이 세 개가 있어서 각각 일층과 팔 층, 십오 층에 머물며 사람을 태우고 이동시키고 있었다.

공간 안에는 항상 사람이 대기해 있었는데, 이 공간을 움직이고 멈춰 세우는 일을 하는 자였다.

십사 층에서 공간이 멈췄다.

사내는 벽 한쪽에 삐죽하게 튀어나온 두 개의 쇠막대기에 줄을 엇갈리게 걸고 공간을 멈춰 세운 다음 문을 열었다.

시녀들은 사내에게 까딱 고개를 숙여 인사를 한 다음 공간을 빠져나왔다.

복도 끝에는 넓은 대문이 있었는데 두 명의 무인이 그 앞에 석상처럼 서 있었다. 시녀들은 무인들 앞으로 다가가 말했다.

"소가주의 식사입니다."

무인들은 시녀들이 가지고 온 음식들을 일일이 확인하고는 고개를 끄덕이며 문을 열었다. 시녀들은 아주 조심스러운 걸음으로 걸어 들어갔다.

대청처럼 넓은 방 안에는 오직 한 사람만이 있었다. 삼십 대 초중반의 수려하게 생긴 제갈원(諸葛元), 바로 이 무적가 제갈가문의 소가주였다.

　제갈원은 호랑이 가죽이 깔린 태사의에 앉아 있었다.

　그는 뭔가 마땅치 않다는 눈으로 창밖을 응시하고 있었다.

　창밖으로는 짙은 운해가 낀 기암절벽들이 내려다보였다.

　어지러울 정도로 까마득한 공간이 창문 밖으로 펼쳐져 있었다.

　"식사를 가지고 왔습니다, 소가주."

　시녀들이 다가오며 말했다. 제갈원이 그녀들을 노려보며 버럭 소리쳤다.

　"소가주라니? 누가 소가주라는 것이냐?"

　시녀들이 깜짝 놀라 얼른 고개를 숙였다. 그 순간에 문득 제갈원의 매서운 얼굴을 본 시녀 한 명은 저도 모르게 찔끔 오줌을 지리고 말았다.

　"나는 가주란 말이다! 소가주가 아니라, 당당한 가주. 무적가의 가주이자 제갈가문의 현임가주란 말이다! 알았느냐?"

　시녀들을 벌벌 떨면서 대답했다.

"네네, 알고 있습니다. 잘못했습니다."

"두 번 다시 내 앞에서 소가주 운운하지 말거라. 알았느냐?"

제갈원은 금방이라도 살수를 펼칠 것처럼 화가 난 목소리로 말했다.

시녀들은 공포와 두려움에 휩싸여 흐느끼는 듯한 목소리로 말했다.

"죄송합니다. 저희가 무례를 저질렀습니다."

"됐다. 입맛이 없으니 들고 돌아가라."

제갈원은 냉랭하게 말했다.

시녀들은 황급히 자리를 물러났다.

방을 빠져나와 복도를 따라 걸어 나오던 시녀 중 한 명이 울음을 터뜨렸다.

키 큰 시녀가 재빨리 그녀의 입을 막으며 낮은 목소리로 주의를 주었다.

"조용히 해."

키 큰 시녀는 방문 쪽을 힐끔거리며 말했다.

"네가 우는 걸 알면 소가… 가주께서 진짜로 화를 내실 거야."

울던 시녀는 애써 울음을 삼키며 말했다.

"예전에는 안 그러셨잖아요? 가끔씩 제멋대로 구시기

는 했지만 그래도 이렇게까지 화를 내지는 않으셨는데……."

"그게 다 그 계집 때문이야."

키 큰 시녀가 한숨을 쉬며 말했다.

"그 계집이 오고 나서부터 소가… 가주께서 변하셨어. 가주, 아니, 노가주(老家主)와 반목하지 않으시나, 스스로 가주가 된다고 선언하지 않으시나."

"흑흑… 그 계집, 확 죽어버렸으면 좋겠어요."

오줌을 지렸던 시녀는 악담을 퍼부었다. 키 큰 시녀도 고개를 끄덕이며 그 악담에 동조했다.

"바보 같은 계집들."

제갈원을 코웃음을 쳤다. 방문이 굳게 닫혀 있다고 해서, 아무리 조그만 목소리로 소곤거린다고 해서 그녀들의 대화를 듣지 못할 제갈원이 아니었다.

"그녀는 네년들 따위에 비하면 달과 반딧불 같은 존재이거늘 어딜 감히……."

그녀를 떠올리는 순간, 찌푸려져 있던 제갈원의 얼굴이 활짝 개었다.

입가에 절로 황홀한 미소가 떠올랐고 가슴이 두근거렸으며 아랫도리가 불끈 일어났다.

'그녀를 오로지 나만의 것으로 만들 수만 있다면…….'

세상 모든 것을 다 주어도 아깝지 않을 것이다. 하물며 다 늙어빠져서 이제는 죽음을 코앞에 둔 아버지 따위야 언제든지 버릴 수 있었다.

"빌어먹을 노인네!"

제갈원은 다시 인상을 찡그렸다.

그의 마음과 얼굴은 마치 장마철 날씨처럼 오락가락했다.

"감히 내 것을 빼앗다니……. 그 늙은이만 아니었다면 오롯하게 내 것이 되었을 텐데."

그가 이를 갈며 중얼거릴 때였다. 문 밖에서 나지막한 소리가 들려왔다.

"총관입니다. 아가씨를 모셔왔습니다."

일순 제갈원은 용수철 튀듯 자리에서 벌떡 일어나며 반갑게 외쳤다.

"들라 이르라."

문이 열렸다.

그리고 한 명의 여인이 조신스러운 발걸음으로 들어섰다.

아름답고 현숙할 뿐만 아니라 육감적인 몸매까지 지닌 여인이었다.

그녀가 방에 들어서자 알 수 없는, 정신이 몽롱해질 정도로 향긋한 향기가 흘러들었다.

　제갈원은 홀린 듯한 표정을 지으며 두 팔을 벌렸다.

　"어서 와라, 자하."

第九章
자하(紫霞)

"집으로 돌아가고 싶어요."

제갈보국은 가볍게 눈살을 찌푸렸다.

역시 그런 게다.

아무리 정을 줘도 타인인 게다. 마지막에는 역시 제 핏줄이 중요한 게다.

제갈보국은 눈을 감으며 고개를 저었다.

"그럴 수는 없구나."

1. 과거(過去) 삼(三)

자하라는 여인이 이곳 어필봉의 정상에 있는 무적가에 온 것은 약 두 달 전의 일이었다.

당시 총관은 병상에 있는 가주 제갈보국의 수발을 들어줄, 최적의 여인을 찾았다고 좋아하며 무적가로 되돌아왔다.

하지만 그건 총관의 착각이었다.

그녀 자하를 본 순간 모든 사내가 사랑에 빠져 버린 것이다.

특히 소가주 제갈원은 그녀에게 미쳐 버렸다.

이미 혼인하여 자식까지 둔 그였지만 자하를 본 이후부터 아내를 멀리하고 자식을 외면한 채 오로지 그녀에게 빠져들기만 했다.

"그녀와 혼인하고 싶소."

제갈원은 가신(家臣)들을 불러 모아 그 앞에서 당당하게 말했다. 모든 사람이 뒤로 나자빠질 정도로 놀라운 선언이었다.

충직한 신하들과 가신들이 그를 만류했다.

조강지처(糟糠之妻)를 버린 자치고 잘된 사람이 없다고 설득했다.

정 원한다면 첩으로 들이라고 조언하는 이들도 있었다.

비록 제갈보국의 수발을 들기 위해 데리고 왔다고는 하지만 그렇다고 첩으로 삼지 못할 이유도 없었으니까.

제갈원은 마지못한 듯 가신들의 의견을 받아들였다. 그리하여 가신들은 더 이상 그녀가 제갈보국의 수발을 들지 못하도록 하려 했다.

하지만 병상에 누워 있다고는 하지만 제갈보국은 엄연한 가주였고, 그가 허락하지 않는 한 아무리 제갈원이나 가신들이라고 하더라도 자하의 보직을 마음대로 바꿀 수는 없었다.

"나는 그녀가 편하네. 그러니 계속 그녀에게 수발을 들게 하고 싶네."

그 한마디로 가신들의 노력은 물거품으로 돌아갔다.

제갈원은 노발대발했다.

그는 가신들의 뺨을 후려치고 총관의 엉덩이를 걷어찼다.

그러다가 문득 야비하고 더러운 생각이 제갈원의 머릿속에 떠올랐다.

하룻밤만 자자.

지금 이토록 애닳아 하는 건 그녀의 육체를 가지고 싶어서다, 라고 그는 생각했다.

하룻밤만 같이 자면 다른 계집들처럼 이내 정이 떨어질 거라고 생각했다.

제갈원은 마땅치 않았지만 그것으로 만족하려 했다. 그래서 수발을 들고 나오던 그녀를 납치하다시피 하여 제 방에 끌어들였던 것이다.

하지만 제갈원의 생각은 틀렸다.

하룻밤의 정사는 하룻밤만으로 끝나지 않았다. 외려 그를 더욱 자하에게 빠져들게 만드는 빌미가 되었다.

그녀는 끝없는 매력을 지니고 있었다.

낮의 그녀가 아름답고 현숙하다면 밤의 그녀는 뇌쇄적이고 요염한 마물이었다.

물론 제갈원을 밤의 그녀가 보여주는 모든 것이 무향천의 교육 때문이라는 것까지는 알 수 없었지만.

하루도, 한 시진도 보지 못하면 초조하고 불안해지기 시작했다.

그녀가 오고 나서 한 달 만의 변화였다.

제갈원은 갈수록 신경질적으로 변했다. 마음이 내킬 때마다 자하를 만나고 안고 싶었지만 제갈보국이 그걸 허락하지 않았다.

그래서 제갈원을 가신들 앞에서 스스로 가주라 칭하고 부친을 노가주라 부르기를 제안했다.

가신들이 허락할 리가 없었다.

그건 가문의 위신과 적통을 스스로 무너뜨리는 일이었으니까.

죽음을 불사한 그들의 반대 앞에서 제갈원은 아무것도 할 수가 없었다.

"빌어먹을, 제기랄! 염병할 놈들!"

제갈원은 그저 욕설을 퍼부을 수밖에 없었다. 그리고 오늘처럼, 자하가 부친의 수발을 끝내고 총관의 안내를 받아 이곳으로 올 때까지 초조한 마음으로 무작정 기다리고 있을 수밖에 없었던 것이다.

2. 눈물 한 방울의 의미

"그 늙은이가 괴롭히지는 않았겠지?"

제갈원은 자하를 끌어안으며 물었다. 그의 얼굴은 제 부친에 대한 질투와 분노로 인해 악마처럼 흉측하게 일그러져 있었다.

자하는 대답하지 않았다.

제갈원은 그녀의 고개를 돌려 시선을 마주했다.

그녀의 눈가에는 이슬처럼 맑은 물기가 맺혀 있었다.

제갈원의 분노가 머리끝까지 솟구쳤다.

"이 빌어먹을 늙은이! 얼른 죽지 않으면 내가 죽여 버리겠다!"

제갈원은 천인공노할 말까지 스스럼없이 내뱉었다.

하지만 그는 이미 자하에게 빠져들어 냉철한 이성을 상실한 상태였다.

그는 오로지 자하만을 생각했고 그녀를 갖기 위한 방법만 연구했다.

지금 그에게 있어서 자하는 그의 모든 것이었다.

자하는 소리 내지 않았다.

엉엉 울지도 않았다.

그저 눈물 한 방울, 눈가에 그렁하게 맺힐 정도로만 울

따름이었다.

그게 무슨 의미로 흘리는 눈물인지는 오직 그녀만이 알 테지만 제갈원은 신경 쓰지 않았다. 그녀의 슬픔은 부친에 게서 비롯되는 것이라고 생각했다.

"약속하마. 이번 달 안으로 내, 정식으로 너를 아내로 맞 이할 테니까."

제갈원은 그녀의 옷자락을 천천히 풀어 헤치면서 그렇게 말했다.

자하는 반항하지 않았다. 그렇다고 협조하지도 않았다.

목상처럼 혹은 인형처럼 제갈원의 품에 안겨 있을 따름 이었다.

그녀의 미끈한 어깨가 드러났다. 제갈원의 숨소리만 거 칠어지기 시작했다.

*   *   *

"미안하구나."

다음 날 아침.

자하가 수건으로 제 몸을 닦아줄 때, 병색이 완연해 보이 는 제갈보국이 그렇게 말했다.

자하는 아무런 말없이 천천히, 그리고 조심스러운 손길

로 그의 벌거벗은 몸을 세세하게 닦아주었다.

"늦게 본 자식이라 제 에미가 애지중지 키웠네. 그 바람에 모든 게 자기 위주로 돌아가지 않으면 미쳐 버리는 아이가 되고 말았네."

제갈보국은 한숨을 쉬며 말했다. 그의 목소리 역시 힘이 없고 기가 느껴지지 않는 것이 꽤나 중한 병에 걸린 듯 보였다.

"자네의 경우도 마찬가지일세. 마음에 드는 장난감은 반드시 제 것으로 만들어야 직성이 풀리는 어린아이. 그게 내 아들이네. 그리고 자네는 그 아들 녀석의 장난감이 되어버린 셈이고……."

자하는 아무런 말이 없었다.

그녀는 제갈보국의 몸을 닦은 수건을 따뜻한 물에 담가 헹군 후 꽉 짜서 다시 닦아주었다. 그리고 옆에 마련해 둔 새 옷으로 갈아입혔다.

마치 제 아버지를 대하듯 한결같이 조심스럽게 세세한 손놀림이었다.

제갈보국의 옷을 갈아입힌 그녀는 침상에 누운 그의 팔다리를 천천히 주무르기 시작했다. 느릿하고 안정적인 손길로 조곤조곤하게 주무르는 그녀의 안마에 제갈보국은 이내 평온한 얼굴이 되었다.

하지만 그렇게 편안하고 기분이 좋을수록 그녀에 대한 미안한 감정이 커지는 것일까. 이내 제갈보국은 다시 한숨을 쉬며 입을 열었다.

"벌써 네 시중을 받은 게 두 달째로 접어드는구나. 그래, 그동안 나를 보살펴 주느라 고생이 많았으니 네 부탁 하나 정도는 들어줄 때가 된 것 같구나. 원하는 것이 있으면 말해보거라."

그때 처음으로 자하의 손길이 멈췄다. 제갈보국은 눈을 뜨고 그녀를 올려다보았다.

자하의 깊고 부드러운 눈빛이 파르르 떨리고 있었다.

그 아름다운 얼굴에 제갈보국은 그만 저도 모르게 숨을 삼켰다.

'내 아들 녀석이 단단히 빠질 만하구나.'

그런 생각이 언뜻 그의 뇌리를 스쳐 지나갈 때였다. 자하의 입이 열렸다.

"돌아가고 싶어요."

"응? 방금 뭐라고 했느냐?"

그녀의 미모에 취해 잠시 넋을 잃었던 제갈보국이 다시 물었다.

자하는 침착하게, 하지만 떨림을 감출 수 없는 목소리로 말했다.

"집으로 돌아가고 싶어요."

제갈보국은 가볍게 눈살을 찌푸렸다.

역시 그런 게다.

아무리 정을 줘도 타인인 게다. 마지막에는 역시 제 핏줄이 중요한 게다.

제갈보국은 눈을 감으며 고개를 저었다.

"그럴 수는 없구나."

자하가 입술을 깨물었다. 괜한 말을 했다는 후회가 그녀의 얼굴 가득 스며들었다. 눈물이 흐를 것 같은 걸 그녀는 억지로 참았다.

그때였다.

"그럴 수 있습니다."

귀에 익지 않은 목소리가 창밖에서 들려왔다.

"응, 누구냐?"

제갈보국이 깜짝 놀라 눈을 떴다. 동시에 자하가 놀라 소리쳤다.

그녀의 목소리에는 더할 나위 없는 반가움까지 묻어나오고 있었다.

"설마 당신?"

굳게 닫혀 있던 창문이 열렸다. 그리고 한 사내가 천천히 안으로 들어섰다.

역광을 등지고 걸어 들어오는 사내.

담우천이었다.

3. 자하(紫霞)

"누구냐?"

역광 때문이었을까.

제갈보국은 눈을 가늘게 뜨고 사내의 얼굴을 확인하려 했다.

그새 자하는 자리에서 벌떡 일어나 두 손을 모으고 어찌할 바를 몰라 했다.

담우천은 천천히 걸어와 자하의 손을 잡았다.

"미안하다."

그는 진심으로 사과했다.

"조금 늦게 왔다."

자하는 입술을 깨물고는 그의 가슴에 얼굴을 파묻었다. 그의 옷자락이 금세 젖어들었다. 담우천은 천천히 손을 들어 그녀의 어깨를 감싸 안았다.

품에 쏙 들어올 정도로 자그마한 체구.

이 조그만 몸으로 그동안 얼마나 많은 고생을 했을까. 얼마나 속이 썩었을까.

그런 생각을 하자니 불현듯 담우천의 가슴에서 불길이 솟구치기 시작했다.

하지만 그는 억지로 화를 가라앉혔다.

지금 솟구치는 분노를 푸는 것보다는 자신의 품에서 한없이 눈물을 흘리고 있는 그녀를 위로해야 했다.

또 그녀를 무사히 데리고 돌아가는 게 급선무였다.

소리없이 눈물을 흘리는 자하.

그녀는 두 번 다시 담우천과 헤어지지 않겠다는 듯이 계속해서 그의 품 안쪽으로 파고 들어갔다.

그래, 이렇게 다시 만날 줄 알았어. 살아만 있다면 반드시 다시 만날 거라고 생각했어. 그래서 반드시 살아남으려고 노력했지.

그 어떤 수모를 겪더라도, 그 어떤 치욕을 당하더라도 어떻게든 살아남아서 다시 그를 만날 거라고 맹세했어. 그리고 드디어 그를 만나게 되었어.

그런데 왜…….

그런데 왜 이제 와서 죽고 싶다는 생각이 들까.

그를 만났으니까 됐다, 라는 생각이 드는 건 무슨 이유에서일까.

내가 그 치욕과 수모를 견디면서 살아남고자 한 건 단지 살아서 그를 한 번이라도 더 보고 싶었기 때문일까.

왜…….

왜 나는 지금 내가 가장 사랑하는 남편의 품에 안긴 채 죽음을 떠올리고 있을까.

"아이들이 기다린다."

담우천의 말에 그녀는 퍼뜩 정신을 차렸다.

'그래, 아이들이 기다리고 있어.'

자하는 입술을 깨물었다.

이렇게 넋 놓고 있으면 안 되었다.

그녀에게는 아이들이 필요했고 아이들에게는 엄마가 있어야 했다.

괜한 우울함에 취해서 혼자 죽느니 마느니 할 때가 아니었다.

아이들을 위해서라도 그녀는 힘을 내야 했다.

'됐다.'

담우천은 그녀의 어깨와 몸에 힘이 실리는 걸 느낄 수 있었다.

비로소 안심이 되었다.

한 가닥 절실한 희망을 가지고, 그 희망에 끝까지 매달려 본 적이 있는 사람만이 알 수 있었다.

그 희망이 이뤄지게 되면 그때부터는 한없는 상실감과 무력함이 생긴다는 것을.

조금 전의 자하가 그러했다.

반드시 살아서 담우천을 만나겠다는 그 절실한 기대와 희망이 이뤄지는 순간 그녀는 저도 모르게 무기력함과 우울함의 우물에 빠져든 것이다.

"그 아이의 남편인가?"

제갈보국은 어느새 일어나 좌정한 채로 물었다.

담우천이 몸을 돌리고 있었기 때문에 아직 그 정체를 확인할 수가 없었지만, 사내의 뒷모습만으로도 제갈보국은 알 수 있었다.

'이자, 강하구나.'

강하리라는 생각은 누구나 할 수 있었다.

어필봉의 정상에 오를 때까지, 그리고 이곳 무적가에 잠입할 때까지, 또한 승천정의 깎아지른 듯한 벽을 기어올라 십오 층의 창을 열고 안으로 들어올 때까지 무적가의 호위 무사 중 그 누구도 눈치를 채지 못했다는 것이니까. 확실히 이 사내는 강할 것이다.

하지만 제갈보국은 그런 추측이 아니라 진심으로 느끼고 있었다.

사내의 뒷모습에서 풍겨 나오는 기세와 무형의 기도. 안

정된 자세와 철저하게 제어된 감정.

그 모든 것을 종합해 보았을 때, 이자는 최소한 벽을 넘은 적이 있는 고수였다.

'나이 마흔도 안 되어 보이거늘, 어찌 이렇게 강할 수가 있을까?'

제갈보국이 그런 의문을 갖는 순간이었다. 사내가 천천히 몸을 돌렸다.

제갈보국은 사내의 얼굴을 보기 위해 가늘게 눈을 떴다. 하지만 그 눈은 이내 더 이상 크게 떠지지 않을 정도로 확대되었다.

"서, 설마……."

무의식적으로 벌어진 그의 입에서는 부들부들 떨리는 목소리가 새어 나왔다.

사내, 담우천은 조용히 제갈보국을 바라보았다. 그리고는 천천히 고개를 숙이며 입을 열었다.

"오래간만입니다, 대장."

제갈보국은 심장마비라도 걸린 얼굴이 되었다. 그는 새파랗게 질린 얼굴로 담우천을 쳐다보다가 믿을 수 없다는 듯이 중얼거렸다.

"우천… 우천이 맞느냐?"

담우천은 제갈보국과의 목소리와는 극명하게 대비되는,

무심한 어조로 대답했다.

"그렇습니다, 아버지."

제갈보국은 입을 다물지 못했다.

과거 비선의 총책임자로 담우천과 그의 동료들을 지휘하던 자.

또 그 이전에는 산속의 장원에서 담우천과 더불어 일 년이라는 세월을 함께 보냈던 청수한 중년인.

당시 담우천을 껴안고 아버지라고 한 번 불러달라던 중년인.

바로 그가 제갈보국이었다.

第十章
분노(忿怒)

담우천은 그녀의 어깨를 붙들고 돌아보게 만들었다. 시선이 마주치자 자하는 고개를 돌리려 했다.

담우천은 애써 그녀의 얼굴을 잡으며 똑바로 눈을 들여다보았다.

"자, 내 눈을 봐. 한 점 망설임이나 머뭇거리는 게 있는지 살펴 봐. 마음에 꺼리는 게 숨어 있는지 확인해 봐."

자하는 눈을 감았다가 천천히 떴다.

그리고 담우천의 눈동자를, 그 깊은 눈빛을 살피듯 바라보았다.

담우천도 자하의 맑고 고운 눈빛을 바라보았다. 두 사람의 눈빛이 하나로 공유되는 순간이었다.

1. 업보(業報)

"네가 그 아이의 남편이었다니… 그래서 내가 다시 너를 만나게 되었다니……."

제갈보국은 눈을 감으며 중얼거렸다.

"이게 업보(業報)라는 것인지, 숙명이라는 것인지."

"사람의 일일 뿐입니다."

담우천은 딱딱하게 말했다.

"사람이 한 일들이 겹치고 겹쳐서 이런 식으로 만나게 된 것일 뿐입니다. 하늘이니, 업보니, 숙명이니 하는 건 회피에 불과할 따름이죠."

담우천의 말에 제갈보국은 가볍게 인상을 찌푸렸다. 그는 눈을 떠 담우천을 보며 말했다.

"아직 내게 서운한 게냐?"

"서운할 것도 없습니다. 지금 저는 그저⋯⋯."

담우천은 껴안고 있는 아내, 자하를 힐끗 보며 말을 이었다.

"내 아내를 데리고 가고 싶을 따름입니다."

"그렇지, 네 아내 말이지."

제갈보국은 고개를 끄덕이다가 문득 눈빛을 빛냈다.

무려 십여 년 만에 담우천과 재회한 흥분에 잠시 잊고 있었던 문제가 떠오른 것이다.

"그 아이가 이곳에 있다는 건 어찌 알았지?"

"그저 제 앞에 있는 흔적을 따라 꾸준히 쫓아왔을 따름입니다. 그리고 제 앞을 가로막는 것들은 박살 내며 달려왔을 뿐입니다."

제갈보국의 얼굴이 핼쑥해졌다.

"그럼 야시도?"

"은월천사도 죽였습니다."

"이런⋯⋯."

제갈보국은 두 손으로 머리카락을 움켜쥐었다.

"그들이⋯ 어떤 존재인지 알고서 저지른 짓이더냐?"

"상관없습니다."

담우천은 딱 부러지게 말했다.

"그 누구든 제 앞을 가로막으면 결코 용서하지 않을 뿐입니다. 설령 그게……."

당신이라 하더라도.

담우천이 뒷말은 삼켰지만 눈치채지 못할 제갈보국이 아니었다.

그는 길게 한숨을 내쉬며 중얼거렸다.

"역시… 다른 가문 사람들의 말이 맞았군. 더 이상 사냥감을 발견하지 못하는 사냥개는 반드시 주인을 물 거라고 했던."

"사냥개라구요?"

처음으로, 담우천의 얼굴에 표정의 변화가 일었다.

"절, 아니, 우리를 그렇게 생각하셨습니까?"

제갈보국은 대답하지 않았다.

담우천은 가만히 그를 바라보았다. 불과 십 년 전보다 몇 배는 늙어 보이는 얼굴. 거기에 병까지 들었으니 초췌해 보이는 건 당연하다.

이 늙은이를 한때는 친부처럼 여겼던 담우천이다. 그가 말해주었던 몇몇 이야기를 금과옥조(金科玉條)로 여기는 건 바로 그 때문이었다.

'살아만 있으면 된다' 라느니, '약속은 반드시 지켜야 한다' 라는 말들은 바로 이 늙은이를 통해 담우천에게로 전해진 말들이었다.

그런 늙은이가 지금 자신의 눈앞에서 병든 모습을 보이고 있었다.

그러니 보통의 상황이라면, 일반적인 사람이라면 그에게 연민의 정을 느낄 법도 하겠다.

그러나 담우천의 표정은 싸늘했다. 그는 생전 만나본 적이 없는 타인을 대하듯 냉정한 눈빛으로 제갈보국을 바라보다가 몸을 돌렸다.

"가자."

자하에게 하는 말이었다. 자하가 고개를 끄덕였다.

제갈보국이 만류하듯이 팔을 내밀었다. 하지만 곧바로 손을 내렸다.

그나마 남아 있는 정 때문일까, 아니면 지금 그와 싸워 이길 수 없다고 생각한 것일까.

그때였다.

"어딜!"

쾅! 소리와 함께 문이 박살 났다.

그리고 수려하게 생긴 사내가 안으로 뛰어 들어왔다. 그 뒤로 십여 명의 무인이 신속하게 방으로 뛰어들더니 이내 담우천 주위를 에워쌌다.

갑작스런 변괴에 놀란 제갈보국이 그들을 쓸어보다가 눈살을 찌푸렸다.

"원, 네가 어찌 여기에?"

수려한 외모의 사내는 제갈보국의 아들 제갈원이었다.

그는 아버지는 돌아보지도 않고 담우천을 쏘아보며 말했다.

"그 더러운 손으로 자하를 만지지 말라!"

감히 여기가 어디라고 쳐들어오는 게냐, 혹은 내 아버지를 위협하다니 운운의 말을 할 법도 했지만, 제갈원의 입에서 튀어나온 첫마디는 바로 저것이었다.

담우천은 무심한 눈빛으로 제갈원을 바라보았다. 제갈원은 자신의 말이 무시당하자 악을 쓰기 시작했다.

"얼른 손을 떼라니까! 정말 곱게 죽지 못할 놈이구나!"

담우천은 문득 제갈보국에게 시선을 돌리며 말했다.

"이자가, 그때 제게 말씀하셨던 아들입니까?"

제갈보국은 한숨을 내쉬며 고개를 숙였다. 창피해서 고개를 들 수가 없는 것이다.

담우천은 다시 제갈원을 바라보며 입을 열었다.

"이 여자는 내 아내다."

"그건 이미 들어서 알고 있다!"

제갈원이 바락바락 악을 썼다.

"상관없다! 현재가 중요한 거다. 지금은 내 여자이니까, 나를 사랑하니까! "

담우천은 자하를 돌아보았다.

"저자를 사랑하나?"

자하는 제갈원을 똑바로 바라보며 말했다.

"아니요, 절대로. 오로지 증오하고 또 증오할 뿐이에요."

"자, 자하……."

일순 제갈원의 얼굴이 일그러졌다.

"어찌 네가 내게 그런 말을……."

2. 씁쓸하군요

제갈원이 부친 제갈보국의 방 앞에 밀정(密偵)을 둔 건 탁월한 지시였다.

원래는 제갈보국이 자하에게 못된 짓을 할까 봐, 행여 그런 일이 생긴다면 즉시 자신에게 보고하라고 세워둔 밀정이기는 했다.

그 밀정이 갑자기 헐레벌떡 달려왔을 때, 제갈원은 자신도 모르게 탁상을 내려치며 벌떡 일어나 외쳤다.

"그럴 줄 알았다. 빌어먹을 그 늙은 색마(色魔) 같으니라구!"

하지만 다음 순간 밀정의 보고에 제갈원의 눈이 뒤집히고 말았다.

"뭐라고? 남편이 찾으러 왔다구?"

믿을 수 없는 보고였다.

외인(外人)이 이곳 승천청에 잠입했다는 것보다는 자하에게 남편이 있다는 게 더 충격적인 일이었다. 그리고 자칫 자신을 향해 있던 그녀의 사랑이 옛 남편에게 되돌아갈 수도 있다는 불안감에 휩싸였다.

그는 주변의 수하들과 함께 곧바로 십오 층으로 향했다. 워낙 다급하게 움직였기 때문에, 오로지 자하에 대한 집착에 눈이 멀어 있었기에 주변 경계를 강화하고 천라지망(天羅地網)을 펼치라는 매우 기본적인 지시마저 까마득하게 잊어버린 채 제갈원은 십오 층, 부친의 방문을 박살 내며 뛰어 들어갔다.

그리고 제갈원은 볼 수 있었다, 자신의 자하를 껴안다시피 안고 있는 남정네의 모습을.

그러니 눈이 뒤집히고 정신이 돌아버리지 않을 수가 없었다.

외인의 침입이니, 아버지의 안위 따위는 그의 눈에 들어오지 않았다.

오직 자하만이, 그녀를 붙잡고 있는 사내의 손만이 그의 시야를 가득 메웠다.

"그 더러운 손으로 자하를 만지지 말라!"

라고 제갈원이 소리친 것은 당연한 일이었다.

그렇게 사랑하고 아낀 자하가 지금 자신을 똑바로 쳐다보며 '오로지 증오하고 또 증오할 뿐' 이라고 말하는 것이다. 제갈원은 하마터면 무릎에 힘이 빠져 그대로 주저앉을 뻔했다.

"자, 자하… 네가 어떻게 감히 내게 그런 말을……."

제갈원의 눈에서 눈물이 글썽거렸다.

"기억나지 않느냐? 네 눈에 고여 있던 눈물을 누가 닦아주었는지? 누가 네 슬픔을 위로하고 안아주었는지를 말이다. 제발 정신 차려라, 자하!"

그는 주먹을 불끈 쥔 채 소리쳤다.

그러나 자하의 눈빛은 냉랭했다. 벌레를 보듯, 혹은 제 아비를 죽인 원수를 보듯 그녀의 표정은 싸늘하게 굳어 있었다.

제갈원은 그 눈빛을, 표정을 감당하지 못했다. 그는 비틀거리며 중얼거렸다.

"네가… 네가 어찌 내게 이럴 수가……."

담우천이 조용히 말했다.

"원래 생각 같아서는 단칼에 죽였을 것이다."

그는 힐끗 제갈보국을 보며 말을 이었다.

"하지만 아내를 되찾았고, 무엇보다 그의 아들이기 때문에… 한 번은 용서해 주마."

담우천은 다시 자하를 끌어안으며 뒤로 물러났다. 그걸 본 제갈원이 바락바락 악을 썼다.

"뭐하느냐? 저자를 죽이지 않고!"

일순 담우천을 에워싸고 있던 무인들이 움직였다. 제갈원이 다시 소리쳤다.

"자하는, 다치게 하면 안 된다! 그녀는 지금 제정신이 아니니까, 만약 그녀의 손톱이라도 다치게 되면 오히려 네놈들을 죽일 것이다!"

그 명령 때문이었을까. 담우천을 향해 무기를 휘두르려던 사내들이 일시 주춤했다.

담우천과 자하가 둘이 한 몸이 되다시피 한 지금 상황에서 자하를 다치게 하지 않고 오로지 담우천만 죽이라는 명령을 어떻게 이행하라는 것일까.

담우천이 피식 웃고는 천천히 뒤로 물러났다. 제갈원이 목에 핏대를 세우며 악을 썼다.

"너 이 개자식, 그녀에게서 손을 떼라니까! 네놈들은 뭐하느냐, 저 개자식을 죽이지 않고! 자하를 다치게 하면 안 된다!"

담우천을 포위하고 있던 사내들은 어찌할 바를 몰라 했다. 그때였다. 눈을 감은 채 탄식하고 있던 제갈보국이 입을 열었다.

"그들을 놔주어라."

기다렸다는 듯이 무인들은 뒤로 물러났다.

"아버지!"

제갈원이 버럭 소리쳤다.

제갈보국은 한숨을 쉬며 말했다.

"지금 이곳에 있는 자들 중에서 우천의 일검을 막을 수 있는 자는 아무도 없다."

"그게 무슨 소리입니까, 아버지!"

"만약 내가 정정했다면 모르되, 지금 상황에서는 어쩔 도리가 없다는 말이다."

"저 개자식이 그리 강할 리가 있습니까?"

"그래. 강하다. 어쩌면 삼신구백(三神九伯)도 그를 상대하지 못할지 모르겠구나."

제갈보국의 말에 제갈원은 두 눈에 쌍심지를 켜며 악을 썼다.

"노인네가 죽을 때가 되니까 헛소리를 하는구나! 삼신구백이라면 우리 가문의 최고고수들, 공적십이마들도 그들을

이길 수 없을 것이다!'

'이 바보 같은 자식!'

제갈보국은 내심 탄식을 흘렸다.

그만큼 눈치를 줬는데도 불구하고 녀석은 아직도 그의 뜻을 알아차리지 못하고 있었다.

정 자하를 원한다면 삼신구백을 불러라. 그들을 부르기 전에는 결코 담우천을 막을 수 없으니까.

그게 제갈보국의 뜻이었다.

아무리 멍청하고 버릇없는 자식이라고 해도 결국은 자식인 것이다.

아무리 충성스럽고 믿음직스럽다 하더라도 결국에는 남인 것이다.

그래서 제갈보국은 끝까지 담우천보다 제갈원의 편을 들어줄 수밖에 없었다.

그게 부모이고 아버지인 것이다.

그런데도 저 어리석고 사랑에 눈 먼 제갈원은 그 깊은 뜻을 이해하지 못한 채 악만 바락바락 쓰고 있었다.

"씁쓸하군요."

외려 제갈보국의 깊은 속마음을 이해한 자는 담우천이었다.

그는 우울한 눈빛으로 제갈보국을 바라보며 말했다.

"두 번 다시… 만나지 않기를 바랍니다."

제갈보국의 가슴이 따끔거렸다.

그는 힘들게 입을 열었다.

"너도… 자식이 있다면 알게 될 것이다."

"자식은 있습니다만."

담우천은 서늘한 목소리로 말했다.

"귀하처럼 행동할 것 같지는 않습니다."

귀하라…….

제갈보국의 안면이 경련을 일으켰다. 뭐라 대꾸하고 싶은데 입이 열리지 않았다.

담우천은 그런 제갈보국을 바라보면서 가볍게 뒤로 몸을 날렸다.

그와 자하는 열린 창문 밖으로 훌쩍 날아갔다.

"안 돼!"

제갈원이 소리치며 신형을 날렸다. 그의 몸이 창밖으로 번개처럼 쏘아졌다.

하지만 그는 자하를 붙들 수가 없었다.

놀란 수하들이 그가 창밖으로 몸을 날리기 전에 황급히 붙잡았던 것이다.

"놔라, 이 자식들아!"

제갈원이 마구 날뛰었다.

수하들은 쩔쩔매며 소리쳤다.

"승천청의 외벽은 절벽처럼 미끈해서 아무것도 잡을 게 없습니다! 무작정 달려나갔다가 그대로 추락하셨을 겁니다!"

"무슨 개소리야? 그럼 저자는? 아, 자하는?"

제갈원은 수하들을 떼어놓고 황급히 창가로 달려가 고개를 내밀었다.

저 아래, 수십 장 밑으로 쏜살같이 추락하고 있는 자하의 모습이 보였다.

"자하!"

제갈원은 손을 내밀며 소리쳤다.

그 뒷모습을 한심스럽다는 듯이 바라보던 제갈보국이 입을 열었다.

"천라지망을 펼쳐라."

평소의 병약한 음성이 아닌, 근엄하고 위엄 넘치는 목소리였다.

방 안의 무인들은 저도 모르게 그를 향해 허리를 숙이며 외쳤다.

"존명(尊命)!"

"삼신구백을 이리 모셔라, 또한 약당의 당주를 찾아오고."

"존명!"

무인들은 서둘러 밖으로 뛰어나갔다.

방 안에는 이제 창밖을 내다보며 절규하고 있는 제갈원과 그런 아들을 한심한 눈빛으로 바라보는 제갈보국만 남아 있었다.

"이게 다 네가 지닌 업보다."

누구를 지칭하는 것일까. 제갈보국이 중얼거렸다.

"이번에도 살아남으면… 두 번 다시 너의 일에 관여하지 않겠다."

병자로 볼 수 없을 정도의 단단하고 강렬한 기백이 그의 눈가에서 흘러나왔다.

호랑이의 눈빛.

그렇다.

비록 병들었다 하더라도 그는 어디까지나 오대가문 중 한 곳인 무적가의 가주. 여전히 그는 한 마리의 거대한 호랑이였던 것이다.

3. 상관없다

세찬 바람이 귓가를 스쳐 지나갔다.

수십 장 높이에서 아래로 추락하는 두 사람의 머리카락

은 산발이 되어 있었다.

하지만 자하는 겁먹지 않았다.

이대로라면 땅바닥에 부딪쳐 박살이 나도 행복하다는 듯이 그저 담우천을 꼭 껴안고 있을 따름이었다.

담우천의 눈빛은 여전히 무심했다. 그는 자신들이 추락한 창밖으로 제갈원이 고개를 내밀며 손을 뻗는 광경을 묵묵히 지켜보았다.

순식간에 이십여 장이나 추락하고 있었다. 담우천은 크게 호흡을 내쉬었다.

그리고는 몸을 돌려 수직으로 서면서 두 발로 승천청의 외벽을 힘껏 걷어찼다.

두 발의 뼈와 근육이 으스러지는 충격 속에서 하강 속도가 현저하게 느려졌다. 담우천은 표정 하나 변함없이 손을 뻗었다.

어느새 그의 손에는 검이 들려 있었고 그 검은 정확하게 외벽의 돌과 돌 사이를 파고들었다.

찌지직!

팔의 근육이 찢어지는 듯한 충격이 있었다. 팔꿈치와 어깨의 뼈가 자리를 이탈하는 고통이 일었다. 그러나 담우천은 손에서 힘을 빼지 않았다.

검은 외벽의 돌과 돌 사이를 파고든 채 한참이나 아래로

미끄러졌다.

파파파팍!

요란한 소리와 함께 외벽에 검이 파고든 자국이 길게 그어지고 있었다. 돌이 사방으로 튀었다.

그 자국이 거의 일 장여나 되었을 때, 담우천과 자하는 더 이상 추락하지 않게 되었다. 그들은 검에 대롱대롱 매달린 채 허공에 붕 떠 있었다.

담우천은 밑을 내려다보았다. 불과 사오 장의 높이. 이 정도라면 충분히 뛰어내릴 수 있었다.

'팔은?'

탈골된 것 같지만 그 정도면 행운이라고 할 수 있었다. 빠진 뼈야 맞추면 되니까.

담우천이 자하를 보며 말했다.

"내가 셋을 세면 이 검을 빼줘."

자하는 고개를 끄덕였다.

담우천이 셋을 세었을 때 그녀는 두 손으로 벽에 박힌 검을 힘껏 빼냈다.

지탱하고 있던 검이 빠지자 그들은 다시 추락하기 시작했다.

그러나 이번에는 조금 전과는 달랐다.

담우천은 한 번 가볍게 벽을 차더니 멋지게 공중제비를

돌며 지면에 안착했다.

"괜찮아?"

담우천이 물었다.

"당신은요?"

자하가 물었다.

그들은 서로의 얼굴을 보며 웃었다.

저 까마득한 위쪽에서 제갈원이 뭐라고 소리치고 있었다. 문득 자하가 수심에 찬 표정을 지으며 입을 열었다.

"할 말이……."

담우천이 재빨리 말했다.

"나중에 이야기하자. 지금은 이곳을 빠져나가는 게 급선무야."

담우천의 말에 자하는 고개를 끄덕였다. 안 그래도 승천청 내부에서 들려오는 호각 소리가 요란한 게 마음에 걸리던 참이었다. 아마도 그들을 잡기 위해서 병력들이 풀린 모양이었다.

담우천은 왼손을 오른쪽 어깨에 가져갔다. 우두둑, 소리가 나면서 탈골되었던 어깨뼈가 맞춰졌다.

꽤 고통스러울 법도 했는데, 담우천은 태연한 얼굴로 팔을 휘둘러 보았다.

"잘 맞춰졌군."

그는 아내에게 등을 내밀었다. 그녀더러 업히라는 것이다. 자하는 거부하지 않았다. 그의 등에 업힌 그녀가 문득 웃음을 흘렸다.

"왜?"

"옛날 생각이 나서요. 이렇게 날 업어준 게 얼마 만인지 아세요?"

큰 애, 담호가 태어나기 전이었을 것이다. 마지막으로 그녀를 업어줬던 것이.

그러고 보면 꽤 오래전의 일인 셈이다.

"앞으로는 자주 업어주지."

"무거워졌을 텐데요."

"여전히 가벼워, 내게는."

담우천은 그녀를 업고 나는 듯이 어필봉을 내려갔다.

그야말로 깎아지른 듯한 절벽이었다. 도구와 밧줄이 없으면 제아무리 능숙한 산사람이라고 하더라도 쉽게 움직일 수 없을 정도로 가파른 어필봉이었지만, 담우천은 산양(山羊)처럼 날렵하게 움직였다.

산 중턱까지 내려왔을 때 비로소 무적가의 문이 열리고 한 무더기의 사람들이 뛰어나오고 있었다. 담우천은 뒤를 힐끗 쳐다보며 생각했다.

'생각보다 반응이 늦군. 역시······.'

그가 알던 제갈보국이라면 이렇게까지 늦게 반응하지 않았을 것이다.

담우천이 산을 내려오기 전에 벌써 산 밑에는 수백 명의 무인을 배치해 두었을 것이다.

'병에 걸리더니 반응도 늦어지는 게다. 아니, 나이를 먹어서일까.'

담우천은 그런 생각을 하면서 정신없이 내달렸다.

산 중턱에 이르자 경사가 어느 정도 완만해졌다. 수풀이 우거지고 아름드리나무들이 시야를 가득 메웠다. 이런 곳이라면 추격은 불가능한 법이다. 담우천은 곧장 숲 속으로 몸을 날렸다.

천자산은 강팔백봉삼천(江八百峰三千)이라는 말이 있을 정도로 산수가 웅장하며 골이 깊었다.

어필봉을 내려왔다고 해도 여전히 그들은 천자산 한가운데 있었다.

천자산을 벗어나려면 사흘 동안 쉬지 않고 계속 움직여야 할 정도로 산세가 깊은 곳이었다.

어필봉을 내려온 지 하루가 지났을 때, 담우천과 자하는 이름 모를 호수 앞에서 잠시 숨을 고르고 있었다. 자하는 비취빛으로 빛나는 호수의 물로 얼굴의 땀을 씻던 담우천을 바라보다가 불쑥 입을 열었다.

"아이들은요?"

담우천은 세안을 멈추지 않으며 말했다.

"잘 있어."

"누가 돌보죠?"

"내 동료들."

"다행이네요."

그녀는 호수에 발을 담갔다. 정성들여 조각한 것처럼 아름다운 그녀의 발이 가볍게 흔들렸다. 그녀는 호숫물을 뚫어지게 바라보며 다시 입을 열었다.

"몸을 버렸어요."

담우천은 망설이지 않고 대꾸했다.

"상관없다."

"그것도 여러 명에게요."

"살아만 있으면 돼."

"알아요. 당신은 강하니까요. 하지만 난 그렇게까지 강하지 못해요."

담우천이 자리에서 일어나 자하에게로 다가갔다. 그리고 그녀의 등 뒤에서 조심스레 안아주며 입을 열었다.

"이건 강하고 강하지 않고의 문제가 아니야. 단지 마음먹기에 달린 것뿐이지."

자하는 울고 있었다. 그녀의 뜨거운 눈물이 담우천의 손
등 위로 떨어져 흘렀다.

담우천은 부드럽게 말했다.

"사랑 없는 정사는, 타의에 의한 정사는 그저 몸과 몸이
부딪친 것에 지나지 않아. 길을 걷다가 모르는 남정네와 팔
이 부딪쳤다고 해서, 우연히 어깨를 스쳤다고 해서 누가 뭐
라고 하겠어? 이것도 마찬가지야."

"마찬가지가 아니에요."

"아니, 정말이야."

담우천은 그녀의 어깨를 붙들고 돌아보게 만들었다. 시
선이 마주치자 자하는 고개를 돌리려 했다.

담우천은 애써 그녀의 얼굴을 잡으며 똑바로 눈을 들여
다보았다.

"자, 내 눈을 봐. 한 점 망설임이나 머뭇거리는 게 있는지
살펴봐. 마음에 꺼리는 게 숨어 있는지 확인해 봐."

자하는 눈을 감았다가 천천히 떴다.

그리고 담우천의 눈동자를, 그 깊은 눈빛을 살피듯 바라
보았다.

담우천도 자하의 맑고 고운 눈빛을 바라보았다. 두 사람
의 눈빛이 하나로 공유되는 순간이었다.

자하는 다시 눈을 감았다. 담우천은 그녀를 품에 안으며

말했다.

"스스로 깨끗하다고 생각하면 깨끗한 거야. 스스로 부끄럽지 않으면 부끄럽지 않은 거야. 그러니 쓸데없는 생각은 하지도 마. 무엇보다 우리에게는 아이들이 기다리고 있으니까."

"아이들……."

자하의 눈이 반짝였다.

"아창은 아직도 잠투정이 심하나요?"

"그래. 녀석 덕분에 잠을 제대로 못 잘 정도였으니까."

"아호는요?"

"많이 컸어. 게다가 무공도 많이 늘었고. 일전에는 건장한 사내들과 싸워서 이겼을 정도라니까."

"정말이요?"

"그럼."

담우천은 담호와 담창에 대해서 이야기를 했다. 자하는 눈을 빛내며 제 아들들의 이야기에 귀를 기울였다.

그렇게 두 사람은 자식들의 이야기를 하면서 호숫가를 떠났다.

"정말 많은 일이 있었네요."

담우천의 등에 업힌 자하는 한숨을 내쉬며 중얼거렸다.

유주에서부터 시작하여 북해를 거쳐 다시 유주, 북경부를 통해 정주, 무한으로 이어졌다가 여남, 낙양까지 돌아온 담우천의 여행담이 막 끝난 직후였다.

담우천은 고개를 끄덕였다. 생각하면 확실히 많은 일이 있었다.

불과 반년 동안 겪은 일이라고는 믿어지지 않을 정도의 일들이 벌어졌다. 또 그 와중에 수많은 자의 피를 보기도 했다.

'그래도 결국에는 그녀를 구할 수 있었으니까, 다행인 셈이지.'

담우천은 고개를 돌려 자하의 얼굴을 바라보았다. 어느새 그녀는 잠들어 있었다.

'지칠 법도 하겠지.'

이틀 내내 산길을 걸었으니까.

'안도감이 든 탓도 있겠지.'

외간 남자의 틈바구니가 아니라 사랑하는 남편의 등에 업혀 있으니까.

'두 번 다시 놓치지 않으마.'

담우천은 그녀를 업고 있는 팔에 힘을 주면서 맹세했다. 하늘에 대고, 땅에 대고, 그의 아내에 대고 맹세했다. 천지신명(天地神明)에게 맹세했다.

두 번 다시 그녀를 잃지 않겠다고, 목숨을 걸고 약속하겠다고 맹세했다.

　어느덧 산등성이 저편으로 넓은 평야가 보였다.
　이 산만 지나면 이제 제갈가문의 영역을 벗어나게 되는 셈이었다.
　담우천은 더욱 빠르게 발을 놀렸다.
　폭광질주섬의 경신술이 그의 발끝 아래에서 펼쳐졌다. 일순 주변의 나무들이 거센 바람 소리를 일으키며 그의 뒤쪽으로 휙휙 사라져 갔다.
　그는 주변 나뭇가지에 부딪치지 않게, 수풀에 발이 걸리지 않도록 조심하면서도 섬전처럼 빠르게 내달렸다. 말처럼 빠르고 사슴처럼 경쾌하게 산길을 뛰어 내려갔다.
　그렇게 천자산의 마지막 기슭을 벗어날 무렵이었다. 어느 한 순간, 담우천의 질주가 거짓말처럼 멈췄다. 그는 가쁜 호흡을 가다듬으며 정면을 주시했다. 무심한 그의 눈동자에 한 가닥 일렁이는 빛이 있었다.
　"역시……."
　그는 중얼거렸다.
　"늙어도 호랑이는 호랑이로군. 예까지 천라지망을 펼쳐두었다니 말이지."

누구에게 하는 말일까.

사방은 고즈넉하고 기척은 들리지 않았다. 그러나 담우천은 그 수풀 너머에 누군가 자신을 기다리고 있는 자들이 있다는 걸 느끼고 있었다.

고수들.

담우천이 질주를 멈춘 채 숨을 가다듬으며 곧 벌어질 일전에 대비해야 할 정도로 강한 자들이 저 너머에 있었다.

그리고 그들이 천천히 모습을 드러내고 있었다. 세 명의 중년인이 아무런 소리 없이, 기척없이 수풀을 헤치며 모습을 드러냈다.

일순, 그들을 본 담우천의 표정이 딱딱하게 굳어졌다.

"너희들……."

중년인들이 피식 웃었다.

"운이 좋은 건가? 하필이면 우리가 있는 쪽으로 도망쳐 오다니."

"운이 나쁜 거야. 하필이면 이곳으로 온 걸 보면."

"어쨌거나 오랜만이군. 그러고 보니 십여 년 만이지?"

그렇게 중구난방으로 떠드는 중년인들의 이야기는 담우천의 귀에 들려오지 않았다.

실로 오래간만에, 담우천은 진심으로 분노하고 있었으니까.

그는 이글거리는 눈빛으로 중년인들을 바라보며 천천히
입을 열었다.

"운이 좋은 거다, 이렇게 너희를 만난 건."

『낭인천하』 6권에 계속…

생존록

홍준성 퓨전 판타지 소설

FUSION FANTASTIC STORY

대한민국 평범한 청년 정우성.
어느날 합숙을 가려 집을 나섰는데,

휘이이잉-

"이, 이게 무슨……?"

눈앞에 펼쳐진 설원.
설원을 지나니 이번엔 밀림이?

보랏빛 행성이 하늘에 떠 있고 나무가 살아 움직인다.

"살아남아 반드시 지구로 돌아가리라!"

베인의 이계 생존록.
살아남기 위한 그의 처절한 노력이 시작된다.

Book Publishing CHUNGEORAM

유행이 아닌 자유추구 -
WWW.chungeoram.com

十萬
罪對敵劍
Fantastic Oriental Heroes
십만대적검

오채지
新무협 판타지 소설

개파 이래 한 번도 고수를 배출한 적 없는
오지의 산중문파 제종산문.

무려 십칠 대에 이르러서야 마침내 괴물 같은 녀석이 나타났다!
하지만 그는 세상사에 초연하기만 하고,
속 터진 사부는 천일유수행(千日流水行)을 핑계 삼아
제자를 산문 밖으로 내쫓는데……

『십만대적검』!

바깥세상이 궁금하지 않았던 청년 장개산의
박력 넘치는 강호주유기!

Book Publishing CHUNGEORAM

이문혁 장편 소설

FUSION FANTASTIC STORY

BONG CENTER

PURSUER
퍼슈어

「난전무림기사」, 「마협 소운강」의 작가 이문혁
그가 그려내는 현대물의 신기원!

서울 서초구 고층 빌딩 사이에 존재하는
아는 사람만 아는 미지의 건물 봉 센터.
베일에 쌓인 그곳에 오늘도
정보에 목마른 자들이 왕래한다.

정계의 비밀부터 국가 기밀까지,
혹은 사회를 떠들썩하게 만든 사건의 정보까지!
원하는 모든 것을 찾아주나,
아무나 그곳을 찾을 수는 없다!

그대여, 이런 현대물을 본 적이 있는가!
이 세상의 어둠 속에서 숨 쉬는
또 다른 세상의 이면을 즐겨라!